SANGUE
NA RATOEIRA
E OUTROS CONTOS

CB061158

SANGUE NA RATOEIRA
E OUTROS CONTOS

DYONISIO MORENO

EDITORA
Labrador

Copyright © 2019 de Dyonisio Moreno
Todos os direitos desta edição reservados à Editora Labrador.

Coordenação editorial
Erika Nakahata

Preparação de texto
Andréa Bruno

Revisão
Leonardo Dantas do Carmo

Capa e imagem de capa
Osvaldo Marchesi e
Gilvan Bastos

Projeto gráfico
Felipe Rosa

Diagramação
acomte

Dados Internacionais de Catalogação na Publicação (CIP)
Andreia de Almeida – CRB-8/7889

Moreno, Dyonisio
 Sangue na ratoeira e outros contos / Dyonisio Moreno. – São Paulo : Labrador, 2019.
 160 p.

ISBN 978-65-5044-043-5

1. Contos brasileiros 2. Ficção brasileira I. Título

19-2598   CDD B869.8

Índice para catálogo sistemático:
1. Contos brasileiros

EDITORA Labrador

Editora Labrador
Diretor editorial: Daniel Pinsky
Rua Dr. José Elias, 520 – Alto da Lapa
05083-030 – São Paulo – SP
+55 (11) 3641-7446
contato@editoralabrador.com.br
www.editoralabrador.com.br
facebook.com/editoralabrador
instagram.com/editoralabrador

A reprodução de qualquer parte desta obra é ilegal e configura uma apropriação indevida dos direitos intelectuais e patrimoniais do autor.

A Editora não é responsável pelo conteúdo deste livro.
O autor conhece os fatos narrados, pelos quais é responsável, assim como se responsabiliza pelos juízos emitidos.

SUMÁRIO

Sangue ruim, 7
O batráquio, 21
O encontro, 28
Epidemia de gripe, 40
Diversão garantida, 48
Leve e linda, 67
Bola de cristal, 68
Felicidade, 77
Monossilábica, 81
Sangue na ratoeira, 89
O imperador azul, 112
Budunzinho, 118
O xampu, 129
Homem com guarda-chuva, 132
Taturana, 138
Hanon, 141
Moto perpétuo, 156

SANGUE RUIM

Acendeu o cigarro com o isqueiro de mesa em forma de granada. Puxou forte, expeliu sonoramente a fumaça e descansou o cigarro no cinzeiro.

"Você não fuma, né?"

"Não, senhor."

"Melhor. Fumar é uma merda. Tive um infarto quatro anos atrás por causa do cigarro. Com cinquenta e quatro anos. Já viu isso? Aí parei de fumar. Uns três anos. Os médicos fizeram o cateterismo e meteram uma molinha pra manter a artéria aberta. Uma não, duas. Graças a Deus não precisei operar. Agora voltei a fumar, mas só um pouquinho. Fumo dois, três cigarrinhos por dia e nem fumo inteiro. Acendo e deixo queimando no cinzeiro."

"Mas… já está recuperado do infarto?"

"Ah, sim, totalmente. Minha vida hoje é normal. Mas tive que mudar, senão tava morto. Você não faz ideia como era meu dia. A Rita contou pra você que eu era banqueiro de bicho, não contou?"

"Contou, sim, seu Magrão."

Franziu a testa e se empertigou no sofá.

"*Seu* Magrão? Você já viu alguém de nome Magrão ser chamado de *seu*?"

"Desculpe, então… seu Oduvaldo."

"Porra, piorou!", intensificou a voz. "E meu nome é Edivaldo."

"Tá, desculpe mais uma vez, seu Edivaldo, eu…"

Levantou-se do sofá de forma ameaçadora e interrompeu o gaguejo do rapaz.

"Eu odeio esse nome! Você vai me chamar pelo nome que todo mundo me chama: Magrão! Entendeu?"

"Anrã… tá."

"Eu vou tomar um uísque pra relaxar. Você bebe comigo."

"Não… o-obrigado, eu…"

"Eu não perguntei se você bebe. Você vai entrar pra família, não vai? Então? Sogro e genro têm que beber junto. Eu falo mal da minha mulher e você, da minha filha. É no porre que a gente se entende."

Puxou o cós do jeans para cima, descolou a calça da virilha e arrastou as sandálias até a outra extremidade da imensa sala retangular que abrigava, além do sofá e das poltronas onde se sentavam, a mesa de jantar circundada por oito cadeiras. Atrás da mesa, recostada na parede, uma cristaleira antiga, de aparência colonial, servia de bar. Ele a abriu e retirou de lá uma garrafa e dois copos altos. Cruzou a porta da copa e promoveu uma série de exagerados ruídos que o rapaz tentava identificar: porta da geladeira, forminha de gelo, gaveta de talheres… Quebrando o gelo na pia… Não, quebrando a forminha… caixa de ferramentas, martelo, serra elétrica… uma espingarda sendo engatilhada? O rapaz buscou com os olhos o corredor que dava acesso à porta de saída, em caso de emergência. Ao lado, observou uma saleta com um computador e um piano. Tentou o diálogo para avaliar seu risco.

"Quem é o pianista da casa?"

"Ninguém", gritou da copa, "a mãe da Rita tocava bem, sua futura sogra. O piano era dela. Só que quando a gente se separou eu não deixei a piranha levar uma agulha da casa."

"Você não toca?"

"Vez ou outra, de ouvido, só de brincadeira. Quando estou estressado não tem remédio melhor. Eu gosto de ópera italiana."

Retornou com a garrafa equilibrada sob o braço direito, o balde de gelo na mão, os copos seguros pelos dedos da outra, emborcados dentro. Arremessou os copos na mesa de centro e verteu o líquido dourado generosamente.

"Pra mim só um pouquinho, eu..."

"Quanto de gelo? Duas pedras? Três."

"É..."

"Desse uísque você nunca tomou. Quinze anos, aproveita."

"Tá, é que eu não estou acostumado."

"Mas aqui vai ter que se acostumar. Minha filha bebe um bocado e fica firme, não dá bandeira. Tim-tim!"

Brindaram. Ele sorveu ruidosamente a bebida enquanto o rapaz se convalescia da queimação que o primeiro gole lhe havia proporcionado.

"Fiquei casado com a mãe da Rita seis anos. Daí ela adornou minha cabeça com um belo par de chifres. Aquela vaca... Eu não tenho vergonha de contar, não. Mas na época precisei até de terapia. E eu que achava que terapia era coisa de veado."

"Nossa! Bom esse uísque, hein? Depois do primeiro gole desce macio."

"Não falei? É malte puro, caro pra caralho. Mas, logo que desconfiei, mandei investigar, aí confirmou a traição. Contratei dois macacos, eles garfaram o cara e trouxeram na minha casa. Peguei uma faca de churrasqueiro e mandei baixar as calças do escroto pra capar."

"Meu Deus! Você castrou o cara?"

"Não, você acredita que o cara ficou tão apavorado que cagou na cueca? Quando eu senti aquele cheiro na sala fiquei com nojo e falei: 'Você foi homem pra comer minha mulher, não foi, seu cagão? Então agora vou te dar duas alternativas: ou você perde o saco na minha faca, ou assume, leva ela embora e sustenta. Pode escolher'."

"E aí?"

"O cara escolheu a pior", respondeu, circunspecto, e aproximou-se como quem prepara uma confissão. Atordoado, o rapaz olhava Magrão, que retardava o desfecho com talentosa canastrice, constringindo os lábios finos enquanto oscilava lentamente a cabeça em sinal de afirmação.

"Escolheu a faca?", adiantou-se, ansioso, o rapaz.

"Não… a puta."

Explodiu numa risada histérica, guinchando e distribuindo perdigotos que inundaram o ambiente com um odor misto de uísque e pasta de alho.

"Mandei levantar as calças do filho da puta e o expulsei de casa com uns pontapés pra merda grudar na bunda. Coitado, tá com ela até hoje, e o cara tem grana, industrial, tem fábrica de toalhinha de plástico. Ela era linda, cabeleireira, hoje é madame."

"Mas seu casamento estava em crise? Vocês tinham problemas?"

"Nada, tava tudo bem. Eu gostava dela pra caralho, dava tudo que podia. A gente se divertia, viajava, transava."

"Então por que a dona Wilma fez isso?"

Tamborilou com a mão direita no pulso esquerdo antes de responder.

"Sangue ruim… sangue ruim."

"Eu ainda não conheço dona Wilma."

"Não tá perdendo nada, vai por mim. Pô, Vitor… bebe aí, cara, como você é frouxo!", e completou o copo dele quase até transbordar.

"Obrigado, tô bebendo. Já passei do meu limite hoje. Só que meu nome é Hélio."

"Ah, desculpe, Vitor era o ex-namorado da Rita. Nem sei por que estou falando Vitor, a gente só chamava o cara de Pé-de-Mesa. É que a Ritinha falava que ele... Bobagem, não importa... deixa pra lá... Bebe um pouco pra pôr mais gelo. Você é engenheiro, né?"

"Engenheiro de produção, mas já faz quatro anos que trabalho num banco."

"Os engenheiros são ótimos administradores. Se eu tivesse um cara como você do meu lado, naquela época, não teria precisado vender a banca."

"Mas a venda na banca deu um bom dinheiro, não?"

"Deu, mas dinheiro acaba. Deu pra comprar essa chácara e manter uma poupancinha. Aquilo era uma fonte inesgotável. Dava dinheiro pra caralho. Quanto você ganha por mês?"

"Eu... bem, depende..."

"Sem frescura, pode falar. Dez salários? Vinte?"

"Bem..."

"Eu ganhava isso por dia. Não, muito mais. Eu tinha cento e vinte lojas, fora os cambistas. Dinheiro vivo, sem imposto. Todo dia, fim de tarde, carregava duas maletas de dinheiro pra casa. De manhã levava pro banco. Um banco igualzinho esse em que você trabalha, cheio de lero-lero, cheio de pose, mas quando eu entrava lá era tratado como rei. Melhor que presidente de multinacional. Pô, elas tão demorando... Eu falei que não precisava comprar nada. Tem picanha no freezer, e verdura a gente pega na horta, fruta..."

"Elas foram comprar peixe."

"Peixe? Eu vou fazer churrasco."

"É que eu não como carne e..."

"Não come carne? Nem frango?"

"Não, só peixe."

"Caralho, não fuma, não bebe, não come carne... e foder, você fode?"

"Como? É..."

"Tô brincando, ha, ha, ha! É só pra quebrar o gelo. Mais uísque?"

Serviu ambos os copos sem esperar resposta.

"As lojas eram do meu cunhado. Ele foi assassinado. Eu já trabalhava com ele, assumi tudo e passei a cuidar da minha irmã e dos meus sobrinhos."

"E, depois que assumiu, o senhor sofreu algum atentado?"

"Eu? Já meteram tiro na minha apuração. Quebraram todos os vidros. Mas era de noite, foi só pra assustar. Eu tinha acabado de me casar com a Laurinha, imagina como ela ficou. Foi o Cirilo que mandou, aquele filho da puta. Ele tem noventa por cento do jogo na capital e queria comprar minha banca. Viu o que eu falei do cigarro?"

Mantendo o formato, o cigarro queimara quase por inteiro no cinzeiro. Magrão pegou a bituca, bateu a cinza e desfrutou profundamente da última tragada antes de apagar.

"Aí eu contratei o China, um segurança fodido pra caralho. Mandei ele lá falar com o homem. Aí ele disse: 'Se você matar o cara, cê tá fodido, hein?' O Cirilo se cagava de medo do China. O cara era foda, ex-policial, ladrão de banco, dedo leve pra caralho, atirava bem... Bebe aí, porra!"

"Uau, eu já tô tonto, seu... Não, é que uísque é muito forte, Magrão."

"Toma, põe mais gelo. Pera aí, que eu vou pegar uma azeitona pra gente. Queijo você come?"

"Claro, adoro queijo."

"Vou trazer um parmesão que você vai se lambuzar. Italiano legítimo, de Parma."

Enquanto Magrão preparava os petiscos na cozinha, o rapaz se levantou para esticar as pernas. Caminhou até a porta da varanda, mas teve que se segurar no batente.

"Você andava armado, Magrão?"

"Sempre, duas na cintura e uma embaixo do banco do carro. Eu usava uma Beretta, italiana, quinze tiros. Mas os seguranças tinham arma pesada, doze, cano serrado e o caralho."

"Eu sempre tive atração por armas. Quando era criança, conhecia todos os modelos. Queria ter feito escola de tiro, mas meu pai não deixou."

"Preconceito dele. E por que você não aprende a atirar agora? Seu pai vai…"

"Meu pai já morreu. Câncer, quatro anos atrás."

"Sinto muito, eu…"

"Eu não sinto", interrompeu bruscamente com a voz elevada.

"Bem, parece que você e seu pai…"

"Ele era um filho da puta. Ditador, egocêntrico. Nunca me chamou pelo nome, sempre de pirralho."

"Vocês brigavam muito?"

"Brigar? Nem isso eu conseguia com ele. Na primeira resposta era tapa na cara, cintada."

"Tá bom, então chega desse assunto. Toma mais um gole e esquece. Eu vou te ensinar a atirar."

"Sério? Uau, bem que eu gostaria. Mas hoje é difícil ter arma."

"Difícil nada. A hora que você quiser eu te arrumo uma. Compro direto da polícia, ainda tenho bons amigos lá."

"Caralho, Magrão… eu tô tonto, não consigo ficar de pé. Uaaaauu!"

"Taí", falou, colocando os pratinhos ao lado dos copos, "gostei do caralho."

"Como?"

"Do caralho, gostei de ver você falando 'caralho'. Fala 'caralho'."

"Caralho."

"Mais alto!"

"Caralho!"

"Vai! Sem medo, seu frouxo! Grita!"

"Caralho!! Bunda! Buceta! Puta que pariu!"

"Isso… tô gostando. Você já tá se soltando. Agora a gente tá virando família. Vai, senta aqui e come uma azeitoninha pra contrabalançar a bebida. Daqui a pouco elas chegam e nós vamos pra churrasqueira."

"Porra, Magrão, eu… eu nunca me senti assim."

"Viu? Aposto que vive de terno e gravata, sapato social, meia preta, laptop e pastinha cheia de papéis inúteis."

"Na mosca."

Os dois riram.

"Você precisa soltar as amarras, cara!"

"Nossa… que sensação libertadora. Ca-ra-lho!! Merda!! Cu!!!"

"Vai, tira esse sapato, você tá numa chácara, no interior, tá um puta calor e você de manga comprida?"

Estimulado, levantou-se sem equilíbrio, tirou o sapato, jogou-o longe e desabotoou a camisa.

"Puta que pariu… Eu tô voando!"

Os dois riram novamente.

"Tá, mas agora chega. Vai manso com a canjebrina aí pra não enjoar."

"E as armas, cadê?"

"Não tenho mais. Hoje fiquei só com o revolvinho 38. Tá aqui, quer ver?"

Os olhos de Hélio cintilaram, e seu rosto se iluminou.

"Quero!"

Magrão sorveu o último gole de uísque, mastigou o gelo, ergueu-se ágil e dirigiu-se ao quarto, pedindo ao outro que reabastecesse seu copo. Hélio tirou os óculos e apertou os olhos, tentando melhorar o foco da visão. Em poucos segundos, Magrão retornou com a arma envolta numa flanela branca. Desenrolou o tecido como quem desvela uma joia.

O rapaz congelou, boquiaberto. O corpo prateado do revólver reluziu ao facho de luz solar que invadia a porta da varanda. Magrão prosseguiu didaticamente, apontando os detalhes do revólver.

"Gatilho, cão, tambor. Quando você aperta o gatilho, uma alavanca empurra o cão pra trás e gira o tambor, deixando uma bala na posição. Aí uma molinha joga o martelo pra frente, que bate na agulha e explode a pólvora dentro da bala, disparando o projétil."

Extasiado, Hélio nem sequer reagia.

"Ei! Acorda, parece que tá travado!"

"Não, desculpe... é que..."

"Toma, pega. Segura você."

"Eu?! Mas..."

"Deixa de ser cagão. Tá travada, olha."

Apertou o gatilho duas vezes, comprovando o travamento. Hélio acariciou o cano da arma antes de manuseá-la. Agarrou delicadamente com as duas mãos como quem retira a relíquia de um sacrário. Cerimonioso, empunhou pelo cabo emborrachado e não conseguiu controlar o riso. Levantou-se e iniciou uma caminhada ambígua pelas salas de estar e jantar. As risadas fluíam descontroladas, sonorizando os movimentos de apontar para o lustre, para a TV, para o relógio carrilhão de parede.

"Chega, cuidado com isso, tá travada, mas tá carregada. Devolve a arma."

Ao perceber seu reflexo no espelho da cristaleira, parou. Encarou-se circunspecto, apontou o revólver para a própria imagem e encenou o disparo, emulando o estampido com a boca.

"Devolve essa porra!", gritou Magrão.

O vozeirão altissonante de Magrão fez Hélio retornar do transe e recolocar a arma sobre a flanela na mesinha de centro.

"Que merda! Parece que tá pirado."

"Desculpe, Magrão, é que eu... sei lá, eu sempre sonhei em ter uma arma."

"Tudo bem, mas essa porra não é brinquedo, é perigosa. Senta aí. É melhor você não beber mais. Come um pouco, prova o parmesão."

"Não, eu estou bem. Estou bebendo porque estou feliz."

Então se serviu sem cerimônias da bebida sob o olhar preocupado do outro, deu um longo gole e insistiu:

"Que pena que não te conheci antes, Magrão. Mas conta mais do chinês."

"Que chinês?"

"O porra do chinês que você contratou de segurança."

"Ah, o China? Não, o China era colombiano, o apelido era China porque ele tinha o olho assim, puxadinho. O pai dele foi guerrilheiro das Farc. Depois que o pai foi morto pelo exército, a mãe pegou os filhos e..."

"Eu quero que você compre uma arma pra mim", interrompeu Hélio, buscando a carteira no bolso de trás da calça. "Vou deixar o dinheiro."

"Epa, vamos com calma, você tá muito afoito."
"Quanto custa?"
"Não é assim não, cara. Você quer arma pra quê?"
"Isso não é da sua conta."
"Nada feito."
"Você disse que arrumava a hora que eu quisesse, que tinha amigos… Você é um mentiroso, vigarista!"
"Cala a boca que você tá na minha casa! Eu não vou botar arma na mão de um frouxo como você, que nem beber sabe."
"Sou frouxo, mas como sua filha, ha, ha, ha."
"Não apela, não! Olha o respeito."
"E que bunda ela tem… meu Deus."
"Cala a boca, seu pirralho de merda."
"Não me chama de pirralho!"
"Pirralho, sim, por que não posso te chamar de pirralho? Ainda tem medo do papai?"
"Cala a boca, seu filho da puta!"
"Pirralho nenhum me manda calar a boca. Quer levar um tapa?"
"Para, Magrão, não me provoca, senão…"
"Senão o quê? Você é um frouxo do caralho, filhinho de papai."
"Vai se foder!"
"Tá nervosinho? Você é um caguincha, maricas…"
"Para, Magrão, que eu te mato!"
"Ah, mata? Então mostra que é homem! Toma."
Pegou a arma, destravou e encaixou na mão do rapaz. Afastou-se e postou-se frontalmente.
"Pronto, tá destravada e com bala. Quero ver, atira agora, seu bosta."
"Não… para com isso…"

"Tá sentindo falta do papai pra te defender?"

"Ele nunca me defendeu! Eu o odiava."

"Então atira, aperta o gatilho, seu fresco!"

"Não… para de me provocar."

"Queria arma pra quê? Pra bancar o macho?"

"Não!"

"Precisa do berro na mão pra encarar homem de verdade, não é? Taí, a máquina tá com você, e agora? Vai encarar ou vai apanhar como do papai?"

"Cala a boca, seu puto!"

"Tá ficando bravo? Ai, que medo… Larga a arma e vai trocar de cueca, pirralho de merda!"

"Para de me chamar de pirralho! Eu vou… eu…"

Ofegante, apontou para Magrão.

"Vai o quê? Chamar o papai? Pirralho do caralho… Pirralho! Pirralho! Vou te dar uns tapas pra você aprender!"

Magrão avançou em direção ao rapaz, ergueu o braço e disparou o tapa. O som do tiro interrompeu o movimento e arremessou ambos para trás. Magrão desmoronou no chão entre a poltrona e a mesa de centro, e Hélio desabou no sofá. Houve um segundo de silêncio. O tempo parou, calaram-se os pássaros no pomar, apaziguou-se o turbilhão mental. A arma escapou da mão de Hélio, que recolheu os joelhos e começou a chorar.

"Se acalma", disse Magrão, sentando-se no chão. "Vamos conversar."

"Magrão! Você não…?"

"Tá tudo bem", falou de forma mansa e acolhedora. "Acabou."

"Então eu errei…"

"Não, você acertou. Era festim, só pra assustar."

"Mas por que você..."

"Desde que vendi a banca prometi à minha mulher que nunca mais usaria arma."

"Seu filho da puta... Você..."

"Tá se sentindo melhor?"

Magrão levantou-se devagar, sentou-se cauteloso ao lado de Hélio e assim os dois ficaram por muito tempo conversando e confidenciando. Exauriram as lágrimas recolhidas até merecerem o riso. Trocaram o uísque por cerveja até a chegada das mulheres, que surpreenderam Magrão ao piano acompanhando atabalhoadamente Hélio, que, descalço, sem camisa, em pé sobre o sofá, interpretava o trecho mais emblemático da ópera "La donna è mobile", de Verdi.

"Papai! O que você fez com o Helinho?"

No fim da tarde, quando os casais se despediam, Magrão puxou Hélio de lado e segredou:

"Tá tudo bem com você?"

"Tá, obrigado. Olha, nem sei como agradecer o..."

"Se você ainda quiser uma arma, talvez eu possa ajudar."

"Não, esqueça isso. Você fez de propósito, né?"

"O quê?"

"Esse lance de me provocar, chamar de pirralho..."

"Já passou. Tá se sentindo melhor?"

"Estranho... me sinto estranho, mas leve."

"Eu gosto de você, Hélio. Você é um homem honesto, digno, é muito bem-vindo à família, se vocês se casarem."

"Estamos programando pro início do ano."

"Tá, mas... eu preciso te dizer uma coisa: em menos de dois anos, a Ritinha vai te botar os cornos."

Surpreso, Hélio esboçou um sorriso esperando que o outro revelasse a chacota.

"Ora, Magrão, nós nos amamos, nos damos muito bem, inclusive..."

"Eu sei, eu sei."

"Então por que ela faria isso?"

Estapeou as veias da parte interna do pulso antes de sentenciar:

"Sangue ruim, meu amigo... sangue ruim."

O BATRÁQUIO

"Mãe, tem um sapo na sala."

"Para de falar e toma seu café. Você quer pãozinho com requeijão?"

"Mas tem um sapo na sala…"

"Deixa de bobagem e come. Vai… o chocolate tá quentinho."

"Você não acredita? Vai olhar."

"Tá bom, mas agora termina seu café da manhã, tá quase na hora da escola."

"E o sapo?"

"Que sapo, Renato?"

"O sapo lá na sala!"

"Onde é que está esse sapo?"

"Em cima do piano."

"Tá bom… Um sapo, em cima do piano…"

"É."

"Então quando ele começar a tocar a gente vai lá escutar o recital. Seu irmão já acordou?"

"Sei lá."

"Como 'sei lá'? Vocês não dormiram juntos?"

"Não, cada um numa cama."

"Eu sei… mas no mesmo quarto."

"Ele tava levantando, mas acho que voltou pra cama."

Arremessou raivosa o pano de prato na pia e correu para a porta da cozinha.

"Minha paciência tem limites, sabia? Olha a hora… Cadê seu irmão? Leonaaaardo!", esgoelou na soleira da porta. "Tira o Nando da cama, pelo amor de Deus!"

"Ele está escovando os dentes", respondeu o marido em tom de desagrado. "Que saco!"

Imediatamente o caçula surgiu pelo corredor qual zumbi apalermado, cabisbaixo, arrastando os pés. Passou sonâmbulo pela mãe, sentou-se mudo na cadeira da mesa da copa. Cabelos em pé, olhar sem foco, aparentemente direcionado à xícara vazia à frente. A mãe retornou atabalhoada ao controle da produção dos cafés com leite e pães com requeijão.

"Não penteou o cabelo, não colocou a camisa pra dentro da calça. Lavou o rosto?"

O silêncio só foi corrompido pelo irmão mais velho.

"Você viu?"

"Viu o quê?"

"O sapo... na sala."

"Hã?"

"Tem um sapo na sala."

"Cala a boca, mano."

"Tô falando, em cima do piano, vai lá ver."

O caçula despertou. A mãe antecipou-se:

"Ninguém vai sair dessa mesa sem terminar o café. Olha a hora!"

Os irmãos se entreolharam, cúmplices. O mais velho apenas assentiu com a cabeça. O outro deixou a cadeira tão rápido que, mesmo antevendo o movimento, a mãe não foi hábil o suficiente para impedir.

"Vocês me deixam louca", disse ela, esganiçando. "Volta pra mesa, Nando, já!"

Ia em busca do filho quando o marido adentrou a copa, interrompendo seu caminho.

"Leonardo, chama o Nando pra tomar café que são mais de sete horas."

Sem despregar o olhar da capa do jornal, ele invocou o nome do filho com a mesma displicência que pediu o pote de margarina. Ela iniciou as familiares lamúrias: *não aguento mais, vocês que são homens que se entendam, quer chegar atrasado, chegue, eu me preocupo com todos, ninguém se preocupa comigo, tem que trocar a máquina de lavar que tá muito velha.*

"Para com isso, saco!", o marido não se conteve. "Qual o problema de hoje, Gislaine?"

"Esses meninos estão sempre atrasados pra escola. Nunca conseguem terminar o café. Agora o Nando não vem pra mesa porque foi ver o sapo na sala."

"Que sapo? Do que você está falando?"

"O Renato inventou pro irmão que tem um sapo em cima do piano. Quer fazer o favor de tomar alguma atitude… ou pra variar você vai ficar alienado aos problemas?"

Leonardo expirou sonoramente, encarou a mulher, que, de braços cruzados e queixo erguido, desfiava. Levantou-se, amarfanhando o jornal.

"Fer-nan-do…!", gritou, tentando recuperar a respeitabilidade. "Larga esse sapo e vem pra mesa!"

"Que sapo, Leonardo? Você acha que pode ter sapo aqui? Na nossa sala?"

"Sei lá, você que disse que ele foi ver o sapo."

O menino retornou apressado, sentou-se e, sob os olhares dos três, prosseguiu com a refeição: abocanhou um pedaço do pão em seu prato, bebericou o leite achocolatado.

"E aí?", perguntou o pai.

"Tem sapo em cima do piano?", ironizou a mãe.

"Não."

"Agora chega dessa besteira, Renato", ela discursava em tom de vitória. "Você fica inventando coisas e seu irmão perde a hora. Já colocaram o material na mochila?"

Inconformado, o mais velho disparou contra o irmão seu olhar de indignação.

"Você tá louco, cara? Tem um sapo em cima do piano!"
"Não tem."
"Então vamos lá ver!"
"Ele tá em cima do sofá."

Os pais se entreolharam e o riso foi incontrolável.

"Meninos, a gente mora no décimo segundo andar de um prédio, num bairro central da cidade. Como é que a perereca chegou aqui?"

"Não é perereca, pai", reagiu o caçula. "É sapo. É um batráquio."

"Só porque aprendeu essa palavra na escola, agora quer se mostrar, paspalho", indignou-se o irmão.

"Cala a boca, babaca!"

"Parem os dois! E desde quando você é especialista em… batráquios?"

"A perereca tem a ponta dos dedos redondinha pra subir em árvores."

"E é menor", adicionou o irmão.

"Mas e se ele subiu até aqui pelas paredes do prédio? Deve ser perereca."

"Não é. Esse é grandão, tem a pele enrugada, é sapo."

"Tá bom, tá bom, mas entrou aqui como? Voando?"

"Sei lá, pai… de elevador", disse um.

"A Marinalva trouxe", disse o outro.

"Marinalva…!", gritou a mãe enquanto fechava as lancheiras.

"Senhora", respondeu a diarista da área de serviço.

"Foi você que trouxe o sapo lá de cima do piano?"

"Não, senhora… ele já tava lá quando eu cheguei."

A mulher, que havia incorporado um pouco de humor ao seu temperamento azedo das manhãs, se estressou.

"Chega dessa história! O que é isso? Um complô? Deixa o sapo vendo TV. Sete e quinze. Ponham os agasalhos e desçam que hoje é seu pai quem vai levar vocês pra escola."

"Gislaine... não dá! Hoje é sexta, tem mais trânsito, e o Teixeira chega mais cedo", protestou o pai.

"Calma aí, mãe, tô terminando o leite", resmungou o mais velho.

"E o sapo?", disse o mais novo.

"Se vira, Leonardo. Eu tenho reunião das representantes às oito. Hoje quem leva é você. Tchau."

A mãe abandonou o campo de batalha em meio à enxurrada de queixas. O pai, tentando reorganizar seu dia ante o inesperado compromisso, interrompeu o café de todos aos gritos de "Vamos, vamos, eu tô atrasado". A mãe foi a primeira a se perfilar na porta e chamar o elevador. Em poucos segundos, uma fila desordenada se formava atrás dela.

"Marinalva, liga a TV pro sapo se distrair!", zombou ela.

"Sim, senhora."

Prosseguiu o empurra-empurra e o derradeiro interrogatório diário: *Lavou as mãos? Pegou o livro de matemática? Lápis, régua, borracha? Fez xixi?*

Antes da porta se fechar, Marinalva arrematou:

"E o calango lá embaixo da mesa de jantar?"

Por um momento, fez-se silêncio no acanhado hall do elevador. Os meninos, de sobrancelhas arqueadas, se entreolharam incendiados e insinuaram uma correria de volta à sala, imediatamente abalroada pela mãe. O pai começou a rir.

"Essa Marinalva é ótima!"

"Eu quero ver o calango..."

"Deixa de ser ridículo, Renato, ninguém sai daqui, o elevador já tá chegando."

"O que que é calango, pai?"

"Eu quero ver o ca-lan-go!"

Mal terminou de trovejar, o mais velho virou-se, resoluto, esquivou-se da mãe e cruzou porta adentro. Ela, aos gritos de *volta aqui, seu moleque, para, Renato, vocês me deixam louca*, disparou atrás e o capturou pela gola do casaco enquanto contornava a mesa da copa. O mais novo continuava curioso.

"Fala, pai, o que que é calango?"

"É um bicho assim… comprido… como uma lagartixa grande, sabe? Como um jacaré pequeno."

"Tem um jacaré na nossa sala?"

Gislaine retornou esbaforida, arremessando o fugitivo de encontro aos outros.

"Mas o que é isso? Todo mundo é humorista nessa casa? Olha o que você me arranjou, Marinalva?"

"Senhora?", ecoou da área de serviço ainda mais distante.

"O seu calango… aproveita e prepara o café da manhã pra ele."

"Sim, senhora."

"Vocês fazem de propósito! Tenho uma reunião por semestre e vocês vão me fazer chegar lá nervosa."

"Tem um filhote de jacaré na sala, Renato."

"Para com isso, Gislaine, você está sempre nervosa."

"Não é jacaré, seu idiota, é calango."

"Pai, o Renato me chamou de idiota! Idiota é você, bundão!"

"Tô sempre nervosa porque você é um pai omisso e egoísta."

"E como ele chegou aqui? Voando?"

"O que você quer dizer com isso?"

"Que você precisa estar mais presente aos problemas dos seus filhos. Vai...! Entrem que chegou o elevador."

"Calango voa?"

"Claro que não, seu idiota."

"Ah, é? Então paga você o aluguel, o condomínio, a prestação do seu carro..."

"Idiota é você."

"Seu estúpido!"

"Calango é réptil, já viu réptil voar? Cuzão."

"Neurótica."

"Pai...! O Renato me chamou de cuzão!"

"Cala a boca...!"

"O que é que calango come, dona Gislaine?"

Apesar da porta de serviço ainda entreaberta, a voz da diarista não foi percebida. O elevador já havia iniciado a descida.

Marinalva deu de ombros, recolheu o resto de pão dos pratos dos meninos, depositou embaixo da mesa da sala e ligou a TV.

O calango ignorou o pão e ocupou-se das formigas no rodapé próximo à sacada. O sapo coaxou a manhã toda.

O ENCONTRO

"Não sei... eu não sei..."

"Será que eu não mereço uma chance?"

"Não, não merece."

"Você está olhando numa única direção, um único foco. É como olhar pra uma roseira plena de flores e só enxergar espinhos."

"Foram eles que me machucaram. Foram eles que marcaram minha vida, não as flores."

"Só por um momento, pela última vez, esqueça os espinhos. Lembra-se de nossa viagem a Monte Verde, Sandrinha?"

"Há muito ninguém me chama de Sandrinha. Hoje eu sou dona Sandra."

"Você ficava irresistível com aquele gorrinho verde, com pompom vermelho."

"Você lembrou do gorro?"

"E das meias de lã da mesma cor."

"Eram horríveis!"

"Pouco me importavam as meias. Eu passava as horas esperando o momento de tirá-las."

"Eu tinha vinte e quatro anos. Era tudo diferente."

"Pra mim você ainda tem vinte e quatro."

"Basta um espelho pra desmenti-lo."

"De manhã, as árvores acordavam cobertas de gelo, lembra?"

"E tinha um esquilinho que vinha na nossa varanda. Ai... eu queria ter levado aquele bichinho fofo comigo."

"E o chalé… dois andares, a cama ficava embaixo, junto à lareira. Tinha também uma sala de banho com hidromassagem ao lado de um jardim interno, lembra?"

"No mezanino ficava a cadeira de balanço e… a rede."

"Quanto nós nos amamos naquela rede. Quanto confessamos e juramos."

"Mas você esqueceu as promessas."

"Não, não esqueci."

"Mas não cumpriu."

"Quero cumprir agora, se você me der essa chance."

* * *

"Eu te amo."

"Eu não te amo mais."

"Então deixe que o meu amor supra nós dois."

"Isso não existe, Helena. Amar é uma experiência pessoal, intransferível."

"Mesmo assim o meu amor pode transbordar e tingir sua vida. Eu quero viver pra você, por você, eu quero…"

"Para… para com isso. Há um ano seu amor não foi suficiente nem mesmo pra enfrentar sua família. Você se rendeu a eles, à ignorância de sua mãe, aos preconceitos de seu pai."

"Eu sei. Mas vivi e aprendi. Hoje sou uma rocha quando se trata de defender você. Rompi com eles há seis meses, você sabe. Moro sozinha, estou trabalhando, ganho meu dinheiro."

"Eu nunca vou conseguir te dar a vida de mordomias que você tem dentro da casa de seu pai."

"Paguei um preço muito alto pelas mordomias."

"Como é que sua mãe dizia? 'Quero ver depois os filhos: loiros de cabelo pixaim.'"

"Esquece isso."

"'Aonde o neguinho vai te levar hoje? Na gafieira?'"

* * *

"Não sei… ainda dói muito."
"E o café da manhã, lembra? Sucos, croissant, pão de queijo, bolos, geleias caseiras…"
"De amora."
"O quê?"
"Geleia de amora, esqueceu?"
"Como poderia? O gosto ainda está em minha boca. Geleia de amora, servida e sorvida sobre seu corpo nu."
"É, mas isso já passou."
"Não, não passou. Continua mais vivo que nunca dentro de mim."
"Mas não dentro de mim. Você aniquilou tudo de bom que nós vivemos."
"Não! Eu aniquilei minha vida, não nossa história."
"Nosso passado está extinto em mim."
"Não é verdade, ou você não teria as lembranças tão presentes. Já faz doze anos e você se lembra perfeitamente. Doze anos… E, enquanto a gente conversava, eu pude ouvir seu sorriso."
"Por um momento, você me seduziu. Mas mesmo as melhores lembranças não vão apagar sua traição."
"Eu sei. Não estou lhe pedindo que apague da memória, estou lhe pedindo que apague do coração."
"Não sei se consigo, Jefferson…"
"Por favor, tente. Eu já paguei o preço do meu erro e continuo amargando até hoje."
"Seu sofrimento não justifica o que eu e as crianças passamos. Nós fomos abandonados, preteridos, disso você se esqueceu, né?"
"Se eu pudesse voltar o tempo…"

"Mas não pode!"

"Sei que mereço seu desprezo, mas não há nada que o amor não transmute."

"O amor, o amor… é bonito falar em nome do amor. Desde quando você sabe o que é amor?"

"Desde que te perdi."

"Você me deixou em nome do amor, lembra? Em nome da paixão pela… Como era mesmo o nome dela?"

"Foi o maior engano de minha vida."

"Um pecado que trouxe muito tormento pra mim e seus filhos. Muita tristeza."

"Não, uma estupidez. Seria um pecado se eu não reconhecesse a falha. Estou pedindo desculpas. Pela centésima vez. Tenho tentado me aproximar de você desde que…"

"Desde que ela te deixou, não?"

"Não, Sandrinha! Desde que descobri que minha vida não faz sentido sem você e as crianças. Foi esse o motivo principal de ter me separado dela."

"E o que você pensa que eu sou? Uma roupa velha que se esquece no armário até o dia em que resolve usar de novo?"

* * *

"Esquece minha mãe de uma vez por todas. Ela tem me ligado toda semana, pede desculpas, está tomando antidepressivos."

"E o seu pai: 'Como o senhor vai sustentar minha filha? Tocando violão? Saiba que até o xampu que ela usa é importado'."

"Meu pai é assim mesmo, não tem jeito. Vive como se fosse o centro do universo. Só o que ele pensa é o certo, só o que ele faz tem valor. Nem mesmo a quimioterapia diminuiu seu egocentrismo e arrogância."

"Não é com essa família que eu desejo conviver."

"Sua família serei eu."

"As coisas não funcionam assim. Em pouco tempo você se renderia às chantagens deles."

"Nunca! Eu mudei, sou outra. Tive que aprender naufragando, mas aprendi."

"Olha… é melhor deixarmos as coisas como estão, você do seu lado, eu do meu."

"Eu não tenho mais lado. Meu lado é o seu."

"Talvez seu pai tenha razão. Você está acostumada com outro padrão de vida, com uma convivência mais regrada. A profissão de músico é insegura. Não tem dia, horário, fim de semana."

"Jaime… os médicos confirmaram. Meu pai tem pouco tempo de vida."

"Isso não muda nada."

"Sou eu que decido minha vida. Sou eu que sei o que é bom pra mim."

"Não foi assim um ano atrás."

* * *

"Você não faz ideia das noites que tenho passado acordado."

"Tarde demais pra me dizer isso."

"Por quê? Você tem alguém?"

"Não é da sua conta se eu tenho alguém. Olha… e quer saber? Essa conversa já foi longe demais. Você precisa parar de me procurar. As crianças já perceberam, elas ficam ansiosas com essa situação. Era melhor pra eles quando a gente nem mesmo se falava."

"Eu quero ir até sua casa conversar pessoalmente."

"Você tá louco?"

"Por telefone não dá. Quero ouvir você dizer não, frente a frente comigo."

"De jeito nenhum!"

"Quero implorar por seu perdão. Quero chorar na sua frente, me humilhar. Eu preciso que você olhe dentro dos meus olhos e..."

"Para com isso! Fazer drama nunca foi seu estilo."

"Deve haver um meio de você acreditar em mim."

"Talvez o tempo se encarregue disso."

"O tempo? Quanto tempo? Nós já estamos separados há quatro anos. De quanto tempo você precisa? Vinte anos? Trinta? Quando você acha que vai estar pronta pra considerar uma reconciliação? Aos sessenta anos? Quando nossa energia de vida estiver declinando? Ainda somos jovens, temos uma vida toda à frente, podemos vivê-la intensamente."

"Tenho medo de me arrepender."

* * *

"Tudo mudou. Eu era imatura, mimada, dependente..."

"Ainda é imatura."

"Amar você tem me amadurecido."

"Ainda é mimada."

"Mas compreendi que o amor que sinto vale mais que todos os mimos que já tive."

"Ainda é dependente."

"Sou dependente do seu amor. De mais nada, mais ninguém."

"Não sei, eu não sei..."

"Amanhã faz seis meses que aluguei esse apartamento. Viver sozinha foi uma decisão difícil de tomar, mas necessária. Agora estou começando a identificar quem sou, o que realmente quero e do que preciso. Você tinha razão quando me dizia essas coisas."

"Um pouco tarde pra isso, não acha?"

"Não, não acho. O amor não tem hora, cor, lugar."

"Fui eu quem lhe disse isso."

"Eu sei, mas só agora eu entendo."

"…"

"Jaime, eu vou até sua casa."

"Não, Helena, não venha. Eu vou sair."

"Eu vou até aí! Não suporto mais telefonar, deixar recados, esperar noites inteiras por um telefonema seu. Não suporto mais ficar longe de você. A gente tem que conversar pessoalmente."

* * *

"Não vai se arrepender. Quero tentar fazer de você a mulher mais feliz do mundo."

"Eu era feliz com você. Muito feliz. Já tentei esquecer, apagar nossa história de minha memória, mas não consigo. Foram oito anos juntos, é muito tempo. Ainda tenho lembranças maravilhosas. Mas há muito acabou."

"Mas pode recomeçar, só depende de nós."

"Nunca será como antes."

"Não importa, então será diferente. Melhor, quem sabe."

"Tenho medo."

"Olha… nós não conversamos pessoalmente há anos. Eu vou até aí, fico um pouco com as crianças, depois vamos sair. Só nós dois. A gente pode beber alguma coisa, depois jantar, quem sabe dançar."

"Dançar? Você nunca gostou de dançar."

"Tem um lugar novo na Zona Sul com dois ambientes: um *lounge* que funciona como boate e um restaurante de culinária contemporânea. Que tal?"

"Culinária contemporânea?"

"É… uma mistura de técnicas de várias cozinhas do mundo. Já sei o que você vai comer: um salmão ao forno, acompanhado de risoto crocante, ervas finas e vinho tinto. Que tal?"

"Branco."

"O quê?"

"Eu prefiro vinho branco, gelado. Esqueceu?"

"É bom ouvir seu riso de novo."

"Jefferson… por favor, não estrague tudo outra vez."

"Nunca."

"Nós não suportaríamos. Se você vier aqui e entrar na minha casa, será um compromisso. Talvez fosse melhor você pensar a respeito antes."

"Há dois anos não penso em outra coisa. Hoje é o dia mais importante da minha vida."

"As crianças vão ficar felizes de te ver aqui em casa. Você não imagina quanto."

"Não mais do que eu."

"Eu também… Eu também vou ficar feliz de te ver de novo."

* * *

"Não!"

"Do que você tem medo? Eu preciso que você diga na minha frente que não me ama mais. Olhando nos meus olhos."

"Eu não posso fazer isso."

"Por quê?"

"Eu não conseguiria… você ainda frequenta meus sonhos."

"Essa foi a frase mais importante que já ouvi. Então você não me esqueceu."

"Não, não te esqueci. É um esforço diário eliminar você da minha mente."

"Eu vou até aí."

"Eu não quero mais problemas, não quero mais viver angustiado. Nosso rompimento deixou cicatrizes profundas."

"Vai ser uma nova fase, sem cobranças, sem medos, sem dúvidas."

"Eu não sei…"

"Eu vou te fazer feliz. Tô indo aí."

"Helena… espera…"

"Sim?"

"Você tem certeza do que está fazendo?"

"Mais do que da minha própria vida."

* * *

"Vou tomar um banho e ir aí."

"Mas não se iluda: nós vamos conversar, beber, jantar… só."

"É tudo de que eu preciso, uma chance pra te provar o quanto te amo."

"Você vai ter que… fumar menos."

"Deixei de fumar ano passado."

"E… me mandar flores de vez em quando."

"Todas as semanas."

"E… me pedir em namoro."

"Isso torna as coisas muito mais excitantes."

"Calma, não se precipite. Você vai ter que me conquistar."

"Esse vai ser meu objetivo de vida."

"Tô te esperando."

"Vou o mais rápido que puder."

"Não, venha sem pressa, tem que atravessar a cidade pra chegar aqui."

"As ruas estão vazias, é feriado."

"Até já."

"Eu te amo, Sandra."

* * *

"Vem devagar."

"Não se preocupe, a cidade está deserta. Vou te levar uma surpresa."

"Surpresa? O que é?"

"As fotos."

"Fotos?"

"As fotos da praia. Do último fim de semana que passamos juntos."

"As fotos de Ilhabela? Pensei que você tivesse jogado no lixo."

"Eu durmo com elas, todas as noites."

"Sua foto ainda está em cima do piano."

"Vou colocar uma roupa. Antes das seis estou na sua casa."

"Espera, você ainda tem… aquele perfume?"

"Qual? O de vidrinho azul, de jasmim?"

"Esse."

"Nunca mais usei, guardei pra você, assim como meu corpo. Vou colocar seu perfume preferido e aquele vestido preto, lembra?"

"Aquele com a fenda na lateral?"

"Isso…"

"Tô te esperando, vem pelos Jardins que tem menos trânsito."
"Não vejo a hora de te abraçar de novo. Hoje é o dia mais feliz da minha vida. Eu te amo."
"Eu... também te amo."

* * *

"Jefferson... posso te fazer um pedido?"
"Todos."
"Ainda sobrou daquele perfume que te dei?"
"O de essência de anis? Claro."
"Então usa, tá?"
"Te amo, te amo... te amo."
"Quero muito voltar a te amar."

* * *

A melhor lingerie, o vestido preto, a cabeça fervilhando no emaranhado do passado e do presente. Destacou os lábios carnudos com o batom mais vermelho que tinha, mas usou maquiagem clara nos olhos para não ficar exagerado. Hoje era apenas o primeiro dia de um novo futuro. Olhou-se no espelho mais uma vez, sentiu-se bonita, sexy. Comprimiu a mão no peito, apaziguando o coração acelerado, inspirou profundamente, pegou o álbum de fotos e saiu com o carro.

O sabonete lhe tremia às mãos durante o banho. Refletiu uma enésima vez sobre a chance que finalmente lograra e eternizou dentro de si a decisão de viver o restante de sua vida dedicado a ela e às crianças.

De fato, o feriado prolongado transfigurara a cidade: pouco ruído, poucos carros, poucos pedestres, um cenário desativado. Mesmo assim evitou as grandes avenidas. O caminho alternativo era mais longo, porém mais estimulante. Ao adentrar os Jardins, sua alma alvoroçou-se: nunca notara como o bairro era arborizado, permeado de pequenas praças onde se viam cães, crianças, casais. E os pássaros... maritacas, bem-te-vis, sabiás. Jamais a cidade expressara tamanha alegria.

Desviou seu caminho pelas ruas centrais, onde sabia de uma floricultura aberta. Comprou uma dúzia de rosas, a primeira da série que planejava enviar. Tomou o caminho de volta com a sensação de estar atrasado. Seu compromisso não tinha horário marcado, mas seu coração sim. Apressou-se, cortou as vias principais, atingiu a Zona Sul, optou pelo bairro dos Jardins.

A felicidade estava tão próxima que era possível degustá-la. Parou no semáforo, aguardou agoniada, cruzou no vermelho. A paixão tem pressa, exige, clama, reivindica. Há muito não se sentia tão plena, tão determinada, tão segura.

A alameda das Camélias perfilava-se suntuosa. Cruzou a alameda das Magnólias, a dos Girassóis e acelerou.

Cruzou a alameda das Bromélias, a dos Lírios e acelerou.

Os amantes têm pressa. Helena e Jefferson não sabiam, mas o encontro se anteciparia para o cruzamento das Violetas com as Orquídeas.

O encontro foi explosivo. Como explosivas são as paixões. Definitivo, como definitivas são as verdades. O amor transbordou dos carros, desapegou-se dos corpos e, finalmente livre, expandiu-se. Impregnou os paralelepípedos, os bueiros, as guias, as calçadas, os postes, os muros das casas. Ganhou as árvores, o ar, o infinito. Perpetuou-se no sorriso que sobreviveu nos lábios de ambos.

Por muito tempo as pessoas que ali passavam estranhavam o aroma no ar. Uns diziam que era jasmim, outros anis. Outros ainda sentiam uma imponderável brisa de mar.

EPIDEMIA DE GRIPE

"Xiii... lá vem a tia."
"Quem? A dona Conceição?"
"A própria."
"Não é possível... a gente chegou não faz nem meia hora..."
Arrastando os chinelos, a palma da mão direita apoiando as costas, os quadris inclinados para a frente, lentamente se movia a senhora pela varanda dos chalés, em direção ao casal.
"Que bom que vocês voltaram. São Lourenço tá vazio nesse inverno."
Parecia mais magra, porém o rosto corado revelava a saúde que teimava em contestar.
"Como vai, dona Conceição?"
Eles já sabiam que essa era a pergunta preferida dela. Mesmo que iniciassem o diálogo com "Tem chovido aqui?" ou "Viu a queda da Bolsa?", ela ia encaminhar a conversa de forma a poder responder como ia. Pressa era o que nunca tinha. Ao contrário, tinha o dia todo disponível e nada para fazer. Então, ele estrategicamente optou por abreviar o papo.
"Nossa... eu tô ruim, muito ruim, meu filho. As pernas não obedecem mais, muita dor na coluna. Nessa semana pensei que ia morrer. Telefonei pra minha sobrinha e pedi a ela que viesse me buscar. Se é pra morrer, prefiro morrer no Rio, na minha casa. A casa da gente é a casa da gente. Não é?"
A frase era idêntica à proferida seis meses atrás, quando a conheceram na mesma pousada.

"A senhora tá com uma cara boa, dona Conceição."

"Você que pensa, minha filha."

"E o clima aqui é ótimo."

"O clima é bom, é verdade. Mas a pousada fica longe do centro. Se a gente precisa de um remédio, tem que esperar a hora que o ônibus passa. Se precisar de hospital então..."

"Mas o pessoal da pousada não ajuda a senhora?"

Francisco mordeu o lábio inferior e jogou para a namorada seu olhar explícito de reprovação. Ela entendeu. Estavam embrenhando-se mais uma vez no que zombeteiramente chamavam de jogo da velha, que nem tão velha realmente era. Quanto mais interpelassem dona Conceição, mais difícil ficava escapulir.

"Eles ajudam, sim. São muito bons comigo, fazem um preço especial. Também, faz cinco meses que estou aqui. Nunca fiquei tanto tempo. Mas nem sempre estão disponíveis pra me levar pra cá e pra lá. Eu gosto muito de ir à igreja, mas tenho que chamar um táxi. Sempre fui muito religiosa. É de família. Minha mãe ia à missa todo santo dia. Hoje, me falta a mãe, o pai. Meu marido também era religioso. O nome do senhor é Francisco, não é?"

De braços cruzados sobre o peito e os dedos ininterruptamente raspando a blusa de lã, à medida que falava, a senhora ia se aproximando, obrigando o casal a se sujeitar aos perdigotos e ao hálito azedo que exalava.

"É, sim. A senhora tem boa memória."

"Já tive, meu filho, mas hoje tô tão esquecida... Você tem nome de santo. Conhece a história de São Francisco de Assis?"

O casal se entreolhou, suspirou e se deu por vencido. Não ia ser fácil esquivar-se dela.

"Não, não sou muito religioso."

"A cidade de São Lourenço é considerada a capital mundial do espiritualismo."

"Espiritualismo e religião são coisas diferentes, dona Conceição."

"São Francisco de Assis é o santo dos pobres e protetor dos animais."

Ela sabia como conduzir um diálogo de forma a torná-lo interminável. Começou a discorrer sobre a vida do santo com tamanha autoridade que parecia ter lido naquela manhã. Falou sobre a cidade de Assis, sobre o pai, rico comerciante de tecidos, sobre a renúncia aos bens materiais, sobre os estigmas. Aproveitou para comparar suas dores com a do santo. Logo que percebeu que Francisco estava se interessando pelas histórias da dona Conceição, a namorada optou por um corte drástico.

"Desculpe, dona Conceição, mas a gente vai fazer hoje o passeio na maria-fumaça, e tá ficando tarde."

"É...", avalizou ele. "A gente precisa ir pra cidade."

"Ah, sei... e... que horas vocês voltam?"

"Fim da tarde", disse ele.

"Depois do jantar", disse ela. "A gente vai jantar na cidade, não vai?"

"Vamos, claro, amor."

"Então..."

Decepcionada e desconfiada, a velha entendeu que sua programação para aquela manhã tinha chegado ao fim.

"Tá... tá bom. Vocês não vão embora amanhã cedo, vão?"

"Não, dona Conceição. A gente fica aqui três dias."

"É só pra me despedir de vocês. Amanhã eu volto pro Rio no começo da tarde. E não sei se estou viva até a próxima estação. Minha sobrinha vem me buscar. Vocês vieram de São Paulo, não?"

"Viemos", finalizou Gisela, a namorada, ostensivamente irritada.

"Desculpe, mas a gente tem mesmo que ir, senão vamos perder o passeio."

"Vocês foram parados pelos guardas na estrada?"

"Oi?"

"Pro banho... pra vacina."

"Do que a senhora tá falando?"

"Os guardas estão parando todo mundo nas estradas pra aplicar a vacina."

"Não sei de vacina nenhuma. Quem disse isso?"

"Os meninos aqui na pousada. Disseram que a polícia rodoviária tá parando os carros. Todo mundo que tem mais de sessenta anos tem que sair, tomar um banho e aplicar uma vacina por causa da epidemia de gripe."

O casal se entreolhou e o riso foi inevitável. Gisela, constrangida, emendou.

"Quem foi que lhe disse isso, dona Conceição?"

"Os dois moços donos aqui da pousada. A epidemia está muito grave."

"Não existe epidemia nenhuma", Francisco falou em tom paternal. "Muito menos guarda dando banho no meio da estrada."

"Tem, sim. Dá o banho e aplica a vacina. Só pra terceira idade."

"Quem lhe deu essa informação está enganado. Ou então quiseram brincar com a senhora."

"Será...?"

"Pode ter certeza, dona Conceição."

"Mesmo porque uma operação como essa, dar banho nas pessoas e vacinar, exige um planejamento enorme, precisa instalar banheiros, ter uma equipe especializada, é inviável", concluiu Francisco.

"Puxa! Então os meninos me enganaram..."

"Provavelmente foi uma brincadeira. Bem, a gente está indo. Até logo, dona Conceição."

"Vão com Deus, meus filhos. Vão com Deus."

O passeio na maria-fumaça foi mais entediante do que esperavam. Passado o interesse inicial em conhecer uma bem conservada locomotiva a vapor do início do século XX, enfrentaram duas horas em uma viagem de ida e volta à cidade de Soledade, que distava dez quilômetros de São Lourenço. No vagão onde estavam, eram o único casal jovem. Uma entusiasmada e ruidosa excursão de terceira idade lotava os outros assentos, coagindo os dois a escutar e participar das cantorias e piadinhas. A vingança era imaginar todos os frequentadores do vagão tomando o banho e a vacina da dona Conceição.

* * *

"Pra falar a verdade", disse Gisela, "fiquei com dó da tia, ontem."

"Eu também."

"Acho que o pessoal da pousada tá tirando um sarro dela com essa história de epidemia."

"Com certeza. Eles não devem aguentar a falação e ficam inventando histórias. A gente vai se despedir dela?"

"Bem, se ela vir a gente saindo, não custa nada. Mas é cedo, ela deve estar dormindo."

Assim que saíram do chalé, deram de cara com a velha, sentada num banquinho na varanda, visivelmente à espera deles.

"Bom dia, dona Conceição."

"Pra quem tá doente, o dia nunca tá muito bom. Gostaram do passeio?"

"Mais ou menos. A senhora ia gostar."

"Eu não posso ficar muito tempo sentada. Me doem o quadril e os joelhos. Acho que é artrose, sabe? E essa noite ainda dormi mal…"

Assim que a ladainha começou, Gisela obstruiu bruscamente o discurso.

"A senhora vai mesmo voltar pro Rio? Hoje?"

"Vou, minha filha. Minha sobrinha já ligou confirmando que tá chegando."

"Que bom! Tá contente de voltar pra casa, dona Conceição?"

"Tô um pouco preocupada com a viagem, muito demorada."

"Hoje é dia de semana. Não vai ter muito trânsito."

"Se Deus quiser. Acho que na parada também dá pra descansar um pouco, né, meu filho?"

Eles se entreolharam, desconfiados.

"Qual parada, dona Conceição?"

"Na estrada, pra tomar o banho e a vacina."

Apesar de cômico, o lado trágico da situação tocava mais o casal. Sobrancelhas arqueadas, Gisela continuou:

"A senhora tá falando da epidemia de gripe?"

"Isso, vocês também foram parados na estrada?"

"Não tem epidemia nenhuma, dona Conceição. Nós já falamos pra senhora ontem, lembra?"

"Minha memória tá fraca atualmente. Tá igual minhas pernas. Mas gripe, na minha idade, é perigoso."

"Ninguém vai parar a senhora na estrada. Não vai ter banho nem vacina. Essa história foi uma brincadeira dos donos da pousada."

"Será mesmo?"

"Pode acreditar na gente, dona Conceição."

"Mas é só pra quem é idoso e…"

"Não tem epidemia, não tem banho, não tem vacina", Francisco falou solene e pausadamente. "Provavelmente a senhora entendeu mal o que eles disseram."

Introspectiva, dona Conceição se levantou, respirou fundo, coçou o queixo e alisou o grosso pelo da verruga. Fez que ia embora, arrependeu-se. Ameaçou falar, congelou estática com a boca entreaberta tempo suficiente para preocupar os dois. Finalmente arrematou:

"Então não tem guarda parando os carros…"

"Não!"

"Nem banho…"

"Não!"

"Nem vacina…"

"Não!"

O casal se dividiu nas negativas, quase de forma ensaiada. Com o olhar distante, dona Conceição digeria a revelação. Eles olhando a velha, ela olhando o nada. Gisela rompeu o silêncio constrangedor.

"Bem… foi um prazer encontrar a senhora. A gente vai até a cidade passear um pouco."

"Isso", confirmou ele. "Tenha uma boa viagem até o Rio. Quem sabe a gente não se encontra de novo no final do ano?"

"Pode ser, meu filho, pode ser. Se eu ainda estiver viva até lá."

Dona Conceição mal acabara o almoço quando a sobrinha chegou à pousada. Estava macambúzia, irritadiça, sem humor. Exausta da viagem, com pressa. Eram duzentos e setenta quilômetros até o Rio, não queria dirigir na estrada à noite. A tia estava bem-arrumada, coque feito, blusa nova, o melhor perfume. Sua bagagem era uma mala grande, uma sacola e um banquinho.

"De quem é o banquinho, tia?"

"Meu, comprei na cidade."

"Vai levar pro Rio?"

Claro que ia. Afinal, podia ter fila para o banho na estrada. Aí ela sentava no banco e conversava um pouquinho com o guarda.

DIVERSÃO GARANTIDA

"Cuidado que tem outro radar ali."

"Caramba… acho que já passamos mais de trinta radares."

"Não arrisca, Felipe, vai devagar. A gente não conhece a estrada, e pra tomar uma multa aqui…"

"Quarenta, sessenta, quarenta de novo, oitenta… É insuportável dirigir assim. Antigamente eu vinha pro litoral norte em duas horas, hoje vai levar quatro."

"Nem tanto, às dez e meia a gente deve chegar na casa do seu amigo. Relaxa e aproveita a paisagem."

Do lado direito, o mar azul. Do esquerdo, a monumental Serra do Mar como um paredão a desafiar os olhos que buscavam horizontes. O cenário da viagem era idílico e inspirador apesar dos inconvenientes da estrada.

"Olha o radar, Felipe! Não dá pra correr nessa estrada!"

"Puta que pariu! De novo quarenta por hora!"

"Vai devagar… eu já estou ficando irritada, perdendo meu humor!"

"Não se preocupe porque humor é o que não vai faltar nesse fim de semana. O Zé Antonio é o cara mais divertido que você vai conhecer em toda sua vida. Ele devia ter sido comediante. No colégio ele era o cara. Passava o tempo todo tirando sarro, fazendo piada, falando merda."

"É, mas você não se encontra com ele há mais de vinte anos. As pessoas mudam."

"Trinta anos. Talvez até mais. A gente se encontrou uma vez há quinze anos no casamento do Vadão, que convidou toda a galera do colégio, e nunca mais. Mas lá foi muito rápido e o casamento era chique, formal, não deu pra zoar."

"Como vocês se reencontraram?"

"Foi ele quem me encontrou. Mandou mensagem por rede social, pediu pra ser amigo, trocamos telefones e passamos a nos falar de vez em quando. Faz seis meses que a gente tá tentando marcar esse encontro."

"Como eu devo chamá-lo? De Zé Antonio ou ele tinha algum apelido?"

"Apelido ele teve muitos. Mas é melhor você…"

"Qual era o mais comum?"

"Hein?"

"Qual o apelido que vocês mais usavam?"

"Buceto."

"Como assim?"

"O cara passava o dia inteiro falando de buceta. Daí a gente passou a chamar ele de Buceto. Chama de Zé Antonio."

"Que horror!"

"Coisa de meninos, Nath. Nosso colégio era tradicionalista. Nossa classe era só masculina, imagina a zona."

"Vocês eram crianças mimadas e mal-educadas, isso sim."

"Nem tão crianças assim. A gente era adolescente, já tínhamos namoradinhas. E o Zé Antonio era o maior pegador. O cara era bonito, sarado, cabelo comprido, falante, engraçado, foi o primeiro a ter carro, o pai tinha grana."

"Olha, estamos em Juquehy, agora vem Cambury, Boiçucanga e chegamos em Maresias. Vamos chegar antes do previsto, mas cuidado com a velocidade."

Muitas curvas, subidas, descidas, trechos parcialmente interditados por desmoronamento de terra, catorze radares mais e então entraram à direita na rua indicada pelo GPS. Próximo ao final da rua, que concluía na praia, visualizaram o número da casa do amigo.

"Vê se não bebe muito, hein, Felipe. Depois da terceira vodca você começa a falar merda, fazer gracinhas, ser inconveniente. E, quando eu cobro isso, você não se lembra de nada. Amnésia conveniente."

"Relaxa… Faz tempo que você quer ir à praia, não é? Aproveita que um fim de semana com o Buceto é diversão garantida."

"Para com isso, Felipe! Você não vai chamar seu amigo de Buceto na minha frente, vai?"

"Claro que não, fica fria e prepare-se pra dar muita risada."

A casa era moderna, acabamento em concreto aparente, formas retas. Do lado esquerdo, uma porta alta de madeira com uma enorme maçaneta cilíndrica. A estrutura era afastada da rua, gerando espaço para a guarda de dois carros, encimado por um pergolado de madeira.

Estacionaram na calçada, desceram do carro e timidamente passaram a procurar por uma campainha, cada um de um lado da casa. Antes que encontrassem, a porta se abriu. De dentro saiu um homem de estatura média, gordo, calvo, olhos profundos, nariz adunco desmedidamente grande, pele bronzeada.

"Felipe Souza Marchetti, que prazer revê-lo!"

Caminhava devagar em direção aos visitantes com a ajuda de uma bengala.

"Zé Antonio…?, arriscou Felipe. Puxa vida, quanto tempo!"

"Vem cá e me dá um abraço. Eu sei que mudei… o tempo passa, meu amigo."

Abraços, tapinhas nas costas, olhos nos olhos buscando o improvável reconhecimento mútuo.

"Essa é a Nathália, minha mulher."

"É um enorme prazer, Nathália. Vamos entrar, fiquem à vontade."

A casa tinha no térreo um ambiente retangular único, começando pelo lavabo, a cozinha com balcão aberta para a sala de jantar, a sala de visitas com sofá e duas poltronas, e uma mesa de escritório ao fundo, emoldurada por um janelão de vidro que tomava toda a largura do local. Ao lado esquerdo, uma escada de metal levava ao mezanino do segundo andar; ao lado direito, ficavam amplas portas de vidro para um jardim com uma pequena piscina e uma passagem para o fundo da casa, que terminava numa extensa e bem conservada área verde comum a todas as casas da rua. Não havia muros ou cercas visíveis, e da área verde se tinha acesso à praia caminhando uns cinquenta metros.

"Cadê o cabelão, Zé?"

"O tempo furtou, meu amigo. Levou o cabelo e me agraciou com a barriga. Mas você também está mais gordo."

"A Nathália estuda gastronomia, então já viu, o tratamento em casa é cinco estrelas."

"Então o cardápio de hoje vai ser muito simplório pra você, Nathália."

"Imagina, José Antonio", disse ela notadamente encabulada. "Minha comida é sempre muito simples."

"Bem, levem suas coisas pra cima e coloquem uma bermuda que o dia está lindo. O quarto de vocês é o segundo, subindo a escada à direita."

Carregaram as malas para o quarto e trocaram de roupa.

"Esse era seu amigo bonitão e marombado? Meu Deus!"

"Quase não reconheci, o tempo foi cruel com ele. Mas garanto que continua divertido. Você vai ver."

Ao descerem, um convidativo aroma de café fresco impregnava a sala. Na mesa de jantar, pratinhos com biscoitos, castanhas-de-caju e amendoins complementavam. Serviram-se do café. O papo iniciou-se com trivialidades: como estavam as coisas, onde moravam, o trânsito da capital, o trabalho atual.

"Mas como um cara divertido como você, Zé, acabou estudando direito? Eu pensava que você ia ser ator, humorista, roteirista de TV, cinema..."

"'Conhecerás o futuro quando ele chegar; antes disso, esquece-o, já dizia Ésquilo na Grécia antiga. Meus pais se separaram logo que a gente se formou no colégio. Eu fiquei com meu pai, minha irmã com minha mãe, esse foi o acordo depois de muita briga. Foi uma separação difícil, litigiosa, muita agressão, ofensas, ameaças. Eu parei um ano de estudar e aí decidi seguir a carreira do meu pai. Fiz direito e me formei advogado criminalista."

"Uau! Que guinada!"

"Pois é, passei a vida toda defendendo ladrão, traficante, assassino e político corrupto. Com os corruptos que eu ganhei mais dinheiro."

"E seus pais se casaram de novo?"

"Meu pai casou-se anos depois com uma mulher vinte e dois anos mais nova. Você se lembra do meu pai, né?"

"Claro! Muito simpático."

"Simpático com os outros. Em casa era um déspota truculento. Mas com oito anos de casado descobriu que ela tinha um amante. Perdeu a cabeça, tentou matar o amante, deu dois tiros no cara."

"Meu Deus... E aí?"

"Ele era inexperiente com arma, tinha bebido, não acertou os tiros, mas foi preso preventivamente."

"Foi condenado?"

"O tal amante era um crápula, dei uma grana e ele sumiu. Na época, eu conhecia todo mundo, já que trabalhava como criminalista. Molhei a mão do escrivão e do delegado e o processo desapareceu."

"Ele continua advogando?"

"Só se for no inferno." Ensaiou uma risada engasgada. "Ele teve esclerose lateral amiotrófica, morreu cinco anos atrás mais torto que o Stephen Hawking."

Com os olhos esbugalhados, iniciou um grunhido histérico. O casal demorou alguns segundos para interpretar o som como uma tentativa de rir da memória do pai.

"E sua mãe, está bem?", perguntou Nathália, arriscando reorientar o foco da conversa.

"Não sei, faz três meses que não a vejo."

"Ela continua morando em São Paulo?"

"Não, em Itapecerica da Serra. Ela ficou velha, minha irmã desapareceu, eu não tinha tempo nem saco pra cuidar, internei num asilo. Querem mais café?"

Mais uma vez Nathália arriscou amenizar o constrangimento da situação sugerindo uma caminhada na praia. O anfitrião desculpou-se, não iria em função do problema no joelho, mas encorajou o casal a caminhar, pois a praia era das mais bonitas do litoral norte.

"Na praia sigam pela esquerda até o final, dá um quilômetro e pouco. É lindo. Chegando no morro, podem subir pelas pedras e contornar a terra que vão encontrar uma prainha encantadora, ou voltar, se preferirem. Escalar as pedras é um pouco perigoso."

A caminhada foi realmente aprazível. Andaram devagar, em silêncio, aproveitando a areia imaculadamente branca, o mar sereno e transparente, o sol quente e amistoso daquela manhã de primavera. Somente na volta arriscaram trocar algumas palavras.

"Que história essa do seu amigo. Parece que a família é toda desajustada."

"O estranho é que a lembrança que tenho é do pai e da mãe simpáticos, da irmã bonitinha, sorridente."

"Você disse que ele era piadista, mas até agora…"

"Dá um tempo, deixa ele se soltar. Olha, acho que é ele sentado na cadeira de praia."

Em frente à área verde havia uma barraca instalada e três cadeiras de praia inclináveis. Zé Antonio se espremia numa delas com uma bermuda amarela.

"Gostaram do passeio? Vocês estão com sorte… Hoje tem sol e pouca gente na areia. Sentem que a barraca é minha. O Mathias montou pra mim, ele é uma espécie de caseiro desse quarteirão, cuida da grama da área verde e faz pequenos serviços pras casas. Vão entrar na água?"

"Não, Zé, a água tá fria. Eu vou pegar umas caipirinhas pra nós naquele carrinho."

"Vai no outro, com o toldo azul, é melhor. Pede a de limão-siciliano com manjericão que é uma delícia. Mas só pra vocês, eu não posso beber."

"Não mesmo? Certeza?"

"Enquanto isso eu fico aqui paquerando a Nathália."

O carrinho ficava a uns cem metros na direção oposta. Um silêncio embaraçoso acometeu a barraca. Nathália quebrou o gelo.

"Lindo o lugar em que você mora."

"Lindo, mas depressivo. Durante a semana fica vazio."

"Mudou-se pra cá há quanto tempo?"

"Onze anos, desde que me separei da Carolina."

"O Felipe me disse que você era casado."

"Fui, fiquei casado com ela treze anos, ela já tinha uma filha, eu adotei. A menina sempre foi um problema: teve transtorno depressivo, tentou o suicídio. Mas nossa separação foi consensual, somos amigos até hoje. Recentemente eu insisti pra ela se mudar aqui pra perto, pra que eu pudesse ajudá-la."

"E sua filha adotiva? Mora também aqui no litoral?"

"Não sei. Alguns anos depois de nossa separação a Carolina teve um namorado, médico ginecologista. O cara ficou com ela algum tempo e começou a dar em cima da Isabella, a filha. A Carolina teve a menina com dezenove anos, pareciam irmãs. Um dia a mãe pegou os dois na cama em sua casa. Claro, se separou. Mas a Isabella continuou com ele."

"Nossa, que barra! Ainda estão juntos?"

"Dificilmente… A mãe rompeu com a filha. O namorado foi preso, tinha uma clínica de aborto em Interlagos. Acho que tá preso até hoje. A última notícia que tive da Isabella é que ela estava se drogando, foi da maconha pra cocaína, hoje deve estar no crack. Uma judiação."

"Mas você não tentou ajudar?"

"Ajudar a quem traiu a própria mãe? Ela que se dane!"

"Mas é sua filha!"

"Foda-se!!!"

Zé Antonio alterou a voz e, com os olhos crispados e vermelhos, encarou Nathália. Ela ficou estática afrontando o rosto colérico dele. Felipe voltava com as caipirinhas e notou a atmosfera estranha.

"Tudo bem por aqui?", disse ele, preocupado. "Vamos lá, caipirinhas pra relaxar. Essa é sua, Nath. Tem certeza que não quer uma, Zé?"

"Sim, aproveitem. Eu estava contando pra Nathália sobre minha separação com a Carolina e me perturbei com a lembrança amarga."

"A última vez que falamos ao telefone você me contou da separação e que hoje ela também mora aqui no litoral norte. Você ainda encontra com ela?"

"Quase toda semana. Ela precisa da minha ajuda. Hoje depois do almoço vou até a casa dela levar um remédio. Ela se mudou pra cá por sugestão minha após o incidente em Embu das Artes."

"Que incidente?"

"Triste… muito triste. A Carolina ficou muito mal com a separação com o tal médico aborteiro e com a filha. Foi um baque violento demais pra ela. Emagreceu, ficou apática, triste, depressiva, teve problemas gastrointestinais, cefaleia. Tinha dores nas costas, no peito, ficou com baixa imunidade, resfriado constante. Aí começou a herpes."

"Caralho, Zé Antonio… Desculpe, mas que merda!"

"A herpes foi grave: boca, costas e vagina. Ela decidiu então mudar de vida: vendeu o apartamento e comprou uma casa de campo num condomínio em Embu das Artes. A transição foi boa. Logo depois de arrumar a casa nova, começou a melhorar. Estava se tratando, voltou a ganhar peso, a herpes ficou sob controle e tentou uma reaproximação com a filha."

"Estou esperando o final feliz, Zé Antonio", comentou Nathália, agoniada.

"Infelizmente não será dessa vez. No final do ano, dia trinta e um à noite, ela ficou em casa em vez de assistir à queima de fogos no lago do condomínio. Entraram na casa, dois delinquentes, roubaram, abusaram dela, prenderam dentro de um armário e antes de ir embora deram dois tiros de fora, pela porta. Um pegou na perna esquerda, o outro, na barriga."

"Chega! Pra mim passou do ponto. Vou pegar mais uma caipirinha. Você quer também, Felipe?"

"Você já bebeu todo o copo, Nath?"

"E agora vou pedir uma dupla!"

Nathália não esperou a resposta. Levantou-se transtornada, tropeçou nas sandálias, estatelou-se na areia, ergueu-se e disparou em direção ao carrinho com o toldo azul.

"Parece que a Nathália é um pouco sensível, né, Felipe?"

"Porra, Zé! Olha a história que você contou!"

"Pois é… o pior é que não é história, e sim realidade. E eu peguei leve por ela estar presente. Os caras bateram, sodomizaram ela, cagaram no sofá da sala…"

"Tá bem, Zé, chega dessa novela que eu também tô ficando mal. Mas ela hoje tá morando aqui perto, certo?"

"Sim, eu sugeri e promovi a mudança. Então ajudo, já que ela tem problemas de locomoção, além de outras limitações. Acho que a Nathália tá te chamando, olha."

Nathália fazia sinal com as mãos da barraca de bebidas.

"Vai lá com ela, aproveitem um pouquinho mais a praia, eu vou pra casa. Tenho uma auxiliar do lar, ela deve ter chegado pra fazer nosso almoço. Avisa a Nathália pra não se preocupar que será vegetariano."

Felipe pediu também uma caipirinha dupla e ambos foram caminhar no sentido oposto da praia, buscando serenar a mente. Mas os relatos de Zé Antonio já tinham invadido e usurpado seus espíritos. Uma hora e duas caipirinhas duplas cada um depois, voltaram relutantes à casa. O torpor alcoólico permitiu que eles se sentissem mais relaxados e até experimentassem rir da situação inesperada. Ao adentrarem a casa, depararam com uma senhora magra, de cabelos desalinhados e semblante sombrio preparando o almoço no balcão da cozinha.

"Que bom que voltaram. Essa é a Valdineri, minha assistente."

Cumprimentaram a moça, que não levantou os olhos nem retribuiu a saudação. Chamou a atenção de Felipe uma linha escura longitudinal que ela apresentava na lateral esquerda do rosto e que ia da testa à bochecha, passando sobre o olho.

"Caminharam mais um pouco?"

"Sim, e bem acompanhados por muita caipirinha", divertiu-se Felipe.

"Ótimo, então subam, tomem um banho, eu fico esperando vocês pro almoço. A Valdineri é ótima cozinheira, já trabalhou em restaurante. Vamos ter uma salada e risoto de aspargos e parmesão. O chuveiro é ótimo, não tem pressa."

A caminhada, o álcool e o banho demorado refizeram os ânimos. Ao descerem, Zé Antonio os esperava com um balde de gelo com duas garrafas de vinho branco e três taças. Serviu o vinho e propôs um brinde ao reencontro.

"É um Chardonnay chileno delicioso. Eu vou brindar com chá gelado, pois não posso tomar álcool."

Depois do brinde, serviram-se da salada e em seguida do risoto. A conversa limitou-se a observações genéricas e fúteis sobre viver na praia *versus* viver na capital.

"E os filhos, Felipe? Devem estar grandes."

"Sim, grandes e bonitos. Minha filha, que é mais velha, está linda."

"Você conhece a Laurinha, Nathália?"

"Quem?", respondeu ela, abstraída em equilibrar um aspargo no garfo.

"Laurinha, ex-mulher do Felipe."

"Ah... sim. Já tive o prazer de encontrá-la algumas vezes", falou com manifesto cinismo.

"A Laurinha era a menina mais bonita do colégio. Todo mundo queria namorar com ela. Não é mesmo, Felipe? Não sei como ela acabou ficando com um apalermado como você."

"É... bem..."

"Loirinha, cabelos cacheados, olhos azuis, seios volumosos. A gente matava aula pra ver ela de camiseta e shortinho jogando vôlei na educação física. Lembra, Felipe?"

"Eu já falei pro Felipe que quero colocar silicone nos seios. Ele é quem não deixa."

"Para com isso, Nathália. Você não precisa."

Zé Antonio, absorto em suas lembranças, nem ouviu a discussão e prosseguiu.

"Como é mesmo que ela te chamava? Felipinho? Não, Lipinho...? Não, Lipito. É isso, Lipito!"

"Será que você pode me servir de vinho... Li-pi-to?"

"Nath, o Zé Antonio tá exagerando, amor..."

"Não estou, não! O Felipe era apaixonado. Você sabia que ele ia fazer engenharia e desistiu da carreira pra estudar na mesma faculdade que ela?"

De sobrancelhas arqueadas, queixo elevado, Nathália se limitou a assentir com a cabeça.

"Puxa... isso é que é amor."

"Zé... isso é coisa do passado. Vamos falar do presente. Você está namorando?"

"Sim, mas ela não podia almoçar com a gente. Vai passar aqui à noite pra conhecer vocês."

Cabisbaixa, Valdineri testemunhava tudo do balcão da cozinha. Então se aproximou, sempre com a mão esquerda apoiada na lateral do rosto, tentando esconder a marca.

"Dá licença, seu José. Eu vou até a igreja e volto mais tarde pra arrumar as coisas. A salada de frutas tá pronta na geladeira. Tem sorvete também."

"Tá bom, Valdineri, obrigado."

Felipe esperou a moça deixar a casa para matar a curiosidade.

"O que essa moça tem no rosto, Zé?"

"É uma cicatriz."

"Nossa... foi acidente?"

"Não, facada. O marido bebia e batia nela. Um dia brigou no bar e apanhou, apesar de ser um homem corpulento. Voltou pra casa enfurecido, tentou abusar da filha, a mãe interferiu, começou a discussão e ele, descontrolado, descontou nas duas seu ódio e frustração. Quando começou a pancadaria, a filha fugiu pra chamar a polícia. O monstro espancou Valdineri por quase uma hora. Ela fraturou um braço, teve hematomas diversos no rosto, quebrou dois dentes, hemorragia interna. Não satisfeito, o cara resolveu finalizar o espancamento com uma faca e talhou o rosto da mulher."

"Que horror, Zé Antonio!", Nathália estava pálida e nauseada com a narrativa. "E esse canalha foi preso?"

"Quando a polícia chegou, ele tinha evadido dali. Eu conhecia o delegado, os investigadores e resolvemos dar um corretivo nele. Não foi difícil encontrá-lo, era só procurar nos bares mais escrotos da região. Dois dias depois, ele foi pego e entregue pra turma barra-pesada do tráfico. Quebraram o sujeito: meteram um galho espinhoso de primavera no ânus, caparam o cara no canivete, enfiaram pregos nos joelhos e cotovelos. Ele não resistiu, morreu antes de chegar no hospital. Querem mais risoto ou vamos à sobremesa?"

"Perdi a fome, eu vou ao banheiro. Serve mais vinho pra mim... Lipito..."

"Deixa de sarcasmo, Nath!"

Inconvenientemente Zé Antonio explodiu numa gargalhada intensa e deselegante.

"Que ótimo! Vocês são muito divertidos."

Para o casal a refeição terminara. O apetite tinha se esvaído entre os dentes e o sangue de Valdineri mesclados ao escroto amputado do marido empalado. Zé Antonio informou que precisava encontrar Carolina e sugeriu que, após a sobremesa, eles também fossem até a cidade dar um passeio. Assim fizeram. Demoraram tanto quanto foi possível. Passava das sete da noite quando, contrariados, voltaram à casa. A sala estava vazia. Um aparelho de som executava uma música orquestral.

"Que porra de música triste é essa?"

"Não é triste, Nathália, é clássica."

"Pode ser clássica, mas é triste pra cacete."

"Vamos subir pro quarto e se arrumar pro jantar."

"Jantar?! Eu quero ir embora, já disse pra você!"

"Eu sei, mas não posso fazer esse desaforo. A gente volta amanhã de manhã."

Quarenta minutos depois, quando desceram até a sala, a mesma música continuava lúgubre a tingir o ambiente. Na mesa de jantar, geometricamente alinhados, dividiam espaço pães, manteiga, queijos e frios. Zé Antonio os esperava sentado numa das poltronas.

"Gostaram de São Sebastião?"

"Sim... Que música é essa, Zé?"

"É o 'Réquiem em ré menor', de Mozart. Vocês gostam de música erudita?"

"Ô..."

"Tá acabando, esse é o Agnus Dei, o movimento final. Ouvir Mozart sempre me dá uma alegria intensa! Ainda sobrou o vinho do almoço, mas se preferirem tem também uísque, vodca."

"Acho que vamos continuar no vinho. Então, depois da Carolina você não se casou de novo?"

Zé Antonio buscou a garrafa na geladeira e suspirou profundamente enquanto servia as taças.

"Na verdade, eu quase me casei. Dois anos depois que estava morando no litoral conheci a Heloísa, e começamos a namorar. Ela era atriz, desencantada com a dificuldade de trabalhar em boas produções no Rio e São Paulo. Abandonou a profissão e mudou-se pra Ilhabela. Era apaixonada por surfe. Ela era linda, tinha um corpo escultural, foi a mulher mais deslumbrante que eu tive!"

"Mesmo assim vocês terminaram? Quem traiu quem?", perguntou Nathália empenhando-se num toque de humor.

"Éramos independentes, mas tínhamos uma vida marital: às vezes na minha casa, às vezes na dela. Quando fizemos três anos de namoro resolvemos nos casar. Estávamos apaixonados, era uma relação pro resto da vida. Marcamos de jantar num restaurante pra comemorar, ela passou cedo em casa, deixou suas roupas e me convidou pra surfar na praia das Toninhas. Preferi ficar esperando. Nunca voltou."

"Como assim, Zé? Ela abandonou você no altar?", ironizou Nathália.

"Bandeira amarela, mar com ressaca, seu corpo foi encontrado no dia seguinte. Morreu afogada."

Aquilo foi o golpe final em Nathália. Depois de alguns segundos de choque, começou a chorar compulsivamente. Aconchegou-se no ombro de Felipe, que, constrangido, recolhia as lágrimas que teimavam em evadir dos olhos.

"Puta que pariu! Que tragédia!"

"Pois é, meu amigo Felipe, realmente muito triste. 'O destino é cruel e os homens são dignos de compaixão', já disse com razão Schopenhauer. Com a morte da Heloísa eu desabei, perdi o rumo. Passei a levar uma vida promíscua e a beber. Era só vodca e puta. Acho que foi isso que somatizou no problema da próstata."

"Que problema?"

"Dois anos depois tive um tumor. Mas já tirei."

"Tirou o tumor?"

"Não, tirei a próstata. Mas os feixes nervosos foram preservados, ainda dá pra transar, não com a mesma frequência. Tornei-me um fodedor bissexto. Foram duas pauladas muito fortes e consecutivas, depois da cirurgia voltei pra bebida. Bebi, bebi, bebi até o coma alcoólico. Passei a frequentar o Alcoólicos Anônimos, foi lá que conheci a Ana Clara, minha namorada."

"No A.A. você conheceu a namorada?! Mas então…"

"Sim, ela também se tratava de alcoolismo, embora seja bem mais nova que eu. Aliás, ela pediu desculpas, mas não vai poder vir aqui hoje à noite. É que é aniversário da… bem… deixa pra lá."

"Pode falar, Zé."

"Isso é constrangedor, mas… vocês são meus amigos, então… É que hoje é aniversário da namorada dela."

Nathália, que até então se confortava no ombro de Felipe, despertou, elevando as sobrancelhas.

"Você tá falando sério ou é uma piada?"

"Não, Nathália, é sério: ela é bissexual. Nossa relação é aberta, nós vivemos uma não monogamia consensual."

"Mas pode ser uma fase, ainda mais se ela é novinha…"

"Já conversamos muito sobre isso, não é uma fase. A bissexualidade é parte da personalidade dela. Mas vocês sabem que eu me acostumei e até gosto? Descobri o prazer do voyeurismo. Elas não se incomodam que eu assista, me dá o maior tesão ver as duas transando", falou como se estivesse segredando algo.

"Porra, meu amigo, acho que você precisa arrumar um cachorro!"

"Então vocês ainda não viram o Max?"

"Como assim? Você tem um cachorro?"

"Claro! Vocês se importam se ele ficar junto de nós enquanto fazem um lanche?"

"Eu adoro cães!", disse Nathália, na esperança de reverter a tristeza com o afago num animal.

Zé Antonio levantou-se ligeiro, tão entusiasmado que se esqueceu da bengala. Dirigiu-se até uma espécie de cristaleira próxima à mesa de escritório. Abriu as portas e de dentro retirou um cão empalhado. Era um basset hound branco, com manchas e orelhas marrons. Depositou o cadáver na mesa de jantar, entre os pães e o queijo. O objeto exalou um cheiro estranho no ambiente, algo como vômito e formol.

"Amigos, esse é o Max, meu cachorro."

"Mas Zé... você mantém um cachorro morto na sua sala?"

"Chama-se taxidermia, ele está perfeitamente conservado. Eu era muito apegado ao Max, não consegui enterrá-lo quando ele morreu. Assim ele continua comigo. Max...", falou, dirigindo-se ao animal. "Esses são meus amigos, o Felipe e..."

"Desculpem", Nathália, que olhava o bicho em estado apoplético, ressuscitou e levantou-se resoluta, "eu vou subir. Estou um pouco enjoada e amanhã temos estrada pela manhã."

"Que pena, pensei que vocês fossem ficar pro almoço. Até pedi pra Valdineri comprar camarões frescos com os pescadores."

"Obrigado, Zé, mas nós temos almoço na casa da mãe da Nathália", mentiu Felipe, embaraçado.

Subiram para o quarto, levando o restante da garrafa de vinho. Evitaram discutir qualquer aspecto do dia para que o clima entre eles não se agravasse. Tomaram banho, arrumaram as malas e tentaram dormir, o que se tornou impossível pela fusão das lembranças com os borrachudos. Na manhã do domingo, ao descerem do quarto, já encontraram o café pronto e Zé Antonio colocando a mesa.

"Bom dia. Dormiram bem?"

"É... mais ou menos... Os borrachudos nos fizeram companhia a noite toda. Nós vamos tomar apenas um cafezinho pra não pegar estrada tarde."

"Fiquem à vontade, sentem-se."

Durante o café, Felipe notou ao lado da xícara de Zé Antonio várias cápsulas de remédios.

"Seu café é sempre gostoso. Mas estou vendo que você se trata bem. O que são todos esses remédios? Vitaminas, proteínas, minerais, suplementos e pílula pra disfunção erétil?", galhofou Felipe.

"Bem", respondeu apontando as drágeas, "esses são pra hipertensão, colesterol, osteoporose e depressão. O restante faz parte do coquetel de antirretrovirais. Eu sou HIV positivo... herança da minha época promíscua. Não querem mesmo ficar pro almoço?"

A viagem de volta foi tensa. Todas as vezes que um dos dois quebrava o silêncio a conversa descambava para o bate-boca. Discutiram sobre dinheiro, frustrações, a má-educação dos filhos dele, o vagabundo do ex-namorado dela, os intermináveis telefonemas da ex-mulher dele, o estúpido fanatismo religioso da mãe dela, a flatulência do pai dele, a desordem no armário dela, as brochadas dele (imputadas a ela), a frigidez dela (imputada a ele), a barriga dele, os quadris dela, o ronco dele, o hálito dela. Pouco espaço sobrou para a atenção aos radares na estrada, comprovado algum tempo depois quando receberam três multas por excesso de velocidade.

Na segunda de manhã, Valdineri chegou para a faxina semanal. Sem muletas, José Antonio descia rapidamente as escadas pulando degraus.

"Bom dia, seu José."

"Bom dia, Valdineri, tudo bem?"

"Mas o senhor tá muito risonho… O senhor fez de novo, não?"

"É."

"Então… como foi com seus amigos?"

"Divertido…", respondeu, exibindo seu mais honesto sorriso. "Muito divertido."

LEVE E LINDA

"Você é um menino feio e ruim!"

Em câmera lenta, o garoto viu a mão enorme da mãe planar leve e linda, igual àquela que lhe acariciava os cabelos ao colocá-lo na cama, antes do bebê nascer. Fechou os olhos ao golpe inevitável. O tapa veio certeiro, forte como sempre. Sonoro, desmoralizante. O rosto girou, arrastou ombros, tronco, pernas e o fez desmoronar sobre seu quebra-cabeça de mil peças, quase pronto. Coração disparado, o menino não chorou. Ofegante, pegou as peças do brinquedo e começou obsessivamente a reconstruí-lo.

"Da próxima vez que você mexer nas coisas do bebê…"

Plim! Era o som do micro-ondas parando de funcionar. Os olhos da mãe buscaram os dele e correram suplicantes para o berço. Vazio. Uma ponta de sorriso iluminou o rosto do garoto.

Da cozinha, os gritos da mãe pareciam distantes. O quebra-cabeça nunca esteve tão fácil de montar. Avaliou que até o fim da semana terminaria.

BOLA DE CRISTAL

Do meio da rua pôde avistá-la próxima ao ponto do ônibus. Enquanto aproximava o carro, ela avançou a perna direita, que se descortinou através do avental branco aberto deliberadamente até o meio da coxa. Distraída, retocava o batom através de um espelhinho, valorizando os lábios.

Encostou ao lado dela e provocou com um breve toque de buzina. Sem atender ao assédio, ela girou o rosto em direção ao tráfego. Ele insistiu, mas ela não acolheu. Atrás dele um ônibus buzinou, obrigando-o a seguir o trânsito. Preocupado em perdê-la, acelerou enquanto contornava o quarteirão. Será que ainda estaria lá? Sim, mas a simples presença da dúvida tornava a caça mais excitante. Mudou de estratégia, aguardou um momento de pouco trânsito, aproximou-se lentamente e a abordou através do vidro aberto do carro.

"Me perdoe se a assustei, só queria ser gentil."

Assim que ela desviou o olhar para ele, apontou o jaleco branco que vestia e o estetoscópio pendurado no pescoço. Ela sorriu e aproximou-se.

"Desculpe", disse ela, "mas a gente tem que ter cuidado na rua."

"Você é enfermeira?"

"Sim."

"Já está escuro, você sozinha… não prefere que lhe dê uma carona?"

"Não sei, estou indo pra casa…"

"Mora onde?"

"Zona Norte."

"Coincidência, eu também. Entre."

"Mas... não vai incomodá-lo, doutor?"

"Será um prazer, garanto."

Ele abriu a porta e ela entrou sorridente, encenando uma formalidade que não lhe era peculiar. Instantaneamente inundou o carro com um perfume cítrico.

"Delicioso seu perfume, ácido... selvagem."

"Combina com minha personalidade. O seu é diferente, não conheço, amadeirado, não?"

"É, comprei hoje, especialmente pra essa noite."

"Hummm... parece que o senhor tem planos pra hoje."

"Pode ter certeza, mas vamos eliminar o senhor, ok? Qual o seu nome?"

"Brigitte, e o seu?"

"Doutor Willian, Willian Barnard Pasteur."

"Uau... nome poderoso."

"O seu é muito sensual."

O jeito encabulado como adentrou o veículo reverteu-se diametralmente quando cruzou as pernas. Os dois lados do avental apartaram-se desinibidos, permitindo a erupção de joelhos e coxas roliças e sutilmente bronzeadas. Ele não disfarçou o olhar ou o interesse.

"Que cor linda tem sua pele."

"Obrigada, é o branco do avental que está ressaltando."

"Não, não é só isso. Sua pele é lisinha, perfeita... e não estou falando só de suas pernas. Seu rosto me cativou antes. Com essa pele, você não tem nem trinta anos, acertei?"

"Ora, doutor, o senhor sabe que tenho mais. Trinta e oito."

"Não acredito, aparenta menos. Qual é o truque?"

"Protetor solar de dia..."

"E ácido retinoico à noite, certo?", interrompeu.

"O senhor é adivinho ou vidente?"

"Eu uso minha bola de cristal."

"Bola de cristal não vale. Dermatologista?"

"Não, cardiologista, mas sou um bom observador das coisas belas. Você ainda não se livrou do senhor."

"É verdade… força do hábito. No hospital, a gente chama os médicos sempre de senhor."

"Mas agora você não está trabalhando."

"Tá bom… Willian. Você também trabalha por aqui?"

"Não exatamente. Meu consultório é próximo ao centro, mas esse é meu caminho de casa."

A conversa seguiu navegando por mares serenos: onde trabalhava, a chuva do dia anterior, o ambiente de trabalho, a alta temperatura na primavera, pacientes, se gostava de cinema. Perguntas formais precediam respostas esdrúxulas e inconclusas. Aí ela deu a chance para o primeiro bote.

"Estou realmente cansada. No fim de semana quero relaxar."

"Eu me sinto da mesma forma. Que tal se a gente começasse já?"

"Como?"

"Que tal começar já a relaxar?"

"O que você quer dizer?"

"Sexta-feira, oito da noite, é hora da gente tomar um drinque e permitir que o estresse da semana comece a abandonar corpo e mente."

"Tá… mas isso é um convite?"

"Eu conheço um bar muito simpático no caminho de nossas casas. A gente podia sentar, beber algo, conversar."

"Não… não me parece uma boa ideia."

"Por que não? Você já provou piña colada?"

"Não, mas…"

"Então? Nesse bar, eles abrasileiraram a receita e usam pisco, angostura e sorvete de limão batidos. Você vai adorar."

"Deve ser ótimo, obrigada pelo convite, mas não posso aceitar."

"Você é casada?"

"Sou… mas não é esse o problema."

"Bem, então nós podemos tomar um drinque rápido, apenas pra podermos nos conhecer um pouquinho mais. Tem medo de chegar em casa depois do marido?"

"Não, tenho certeza de que ele não vai chegar antes de mim."

"Então?"

"Mas… e você? É casado?"

"Sou, portanto empatamos. A noite está quente, agradável, ambos estamos cansados e merecemos um refresco, não acha?"

"Não sei…"

"Bem, desculpe, eu estou insistindo, mas pode ser que a companhia não lhe agrade o suficiente."

"Não é isso, ao contrário, é que… bem, eu não sou muito resistente à bebida. Se eu beber, você vai ter que se responsabilizar por mim."

"Negócio fechado! Essa noite você está sob minha custódia."

Ele acelerou o carro e a disposição. Ela avançou encenando um acanhamento impróprio, que até a chegada ao bar já havia abandonado o palco. Um enorme balcão de madeira se descortinava logo na entrada, encimado por um mezanino cuja arquitetura lembrava os anos 1950. Mesas, lustres, cadeiras, móveis, todos originais, de época, recuperados. Subiram ao mezanino, garimparam uma mesa de fundo que permitisse maior privacidade e mergulharam nas piñas coladas.

"Uau! É uma delícia, mas é forte. Preciso tomar devagar ou vou dar vexame."

"Não se preocupe, você está por minha conta."

Exauriram rapidamente os assuntos profissionais e migraram caoticamente para múltiplos campos: artes plásticas, teatro, dança, preferências culinárias, formigas na cozinha, animais de estimação.

"Você também tem uma cadelinha?"

Casa de praia, vírus de computador, mapa astral, o terremoto na Ásia, a síndrome de pânico da sobrinha adolescente da vizinha. Estrategicamente não resvalavam em temas pessoais. O tempo acelerou-se. No terceiro drinque ela capitulou.

"Willian... não dá mais, cheguei ao meu limite. Essa bebida é traiçoeira. Você fez de propósito."

"Acertou."

"Ao menos você é sincero. Qual é sua intenção?"

"Ver você sorrir. Você fica linda quando sorri. Seu marido não te fala isso?"

"Nós passamos uma fase difícil, agora estamos buscando caminhos alternativos pra que a relação sobreviva."

"Essa é a história de todos os casamentos, não se sinta constrangida."

"Eu não estou constrangida, estou é bêbada... Iuuuruuu!"

Debruçou-se sobre a mesa, quase derrubando os copos.

"Doutor, eu preciso comer alguma coisa. Minha língua já está enrolando."

"Ok, eles têm aqui bolinho de mandioca, canapé de chester, *crostini* com muçarela e tomate, ou, se preferir algo mais simples, uma porção de provolone. Pra que lado tende sua fome?"

"Não sei, escolhe você, quero ver se seu gosto combina com o meu. Confio em seu instinto."

Enquanto falava, ela movia os olhos langorosamente e lambia o outro de alto a baixo. O dedo indicador passou a deslizar sobre o braço dele, resvalando de leve nos pelos e na pele.

"Nesse caso vou seguir minha intuição. Que tal um shiitake na manteiga?"

"Adoro! Nossa, minha boca até salivou! Mas como você adivinhou?"

"Bola de cristal."

"Já disse que bola de cristal não vale. Eles fazem aqui?"

"Não, vamos comer na minha casa. Vou preparar uma receita especial, que você nunca provou: shiitake dourado na manteiga com shoyu, saquê, um pouquinho de gengibre e wasabi."

"Hummm, irresistível... mas na sua casa..."

"Não se preocupe, não tem ninguém em casa."

"Não sei..."

"Lembre-se de que você está sob minha custódia. Lá a gente continua com saquê."

Hesitante, ela não ofereceu resistência. Aboletou-se sobre ele no caminho até o carro, disfarçando a bebedeira. No trajeto abriu mais um botão do avental, alegando calor. Desabotoou também o primeiro botão próximo à gola, deixando à mostra o sutiã meia-taça vinho que teimava em manter sob clausura os seios arfantes.

Ao chegar, ela desabou no sofá enquanto a cadelinha yorkshire cinza-escura recebia a ambos com a mesma vibração. Ele improvisou duas batidas de saquê e prosseguiu no preparo cerimonioso dos cogumelos.

"Beba devagar. Nossa noite está só começando."

Ela assentiu. Acompanhou interessada a separação dos talos, o corte do chapéu em lâminas finas, a manteiga derretendo na frigideira e dourando o shiitake antes de receber o shoyu com gengibre ralado e wasabi. A bebida condicionava o ritual que já incorporava afagos nos cabelos, beijinhos nas mãos e ombros, galanteios capciosos.

"Eu queria um marido assim. Nas outras tarefas domésticas você também é assim… competente?"

Ele montou os pratos na mesa, dispôs um candelabro aceso e serviu a iguaria com pão preto. Recolheu as batidas e complementou com vinho tinto suave. Voltaram ao sofá da sala, onde ela sugeriu um último brinde.

"Mas por que último brinde? Pensei que você não tivesse problemas com horário."

"Não tenho, é que depois desse brinde vão faltar mãos pra segurar os copos."

Lançou-se sobre ele com tal ímpeto que o vinho verteu pela boca, pescoço, jaleco e prosseguiu qual leito de rio descendo serra. Submissa, ela passou a sugar no corpo dele o líquido que escorria. Beijaram-se, lamberam-se, morderam-se, excitaram-se. Ante a inusitada atividade, a cachorrinha passou a correr e latir em torno do sofá.

"Venha, vamos subir pro meu quarto."

"Pega o vinho, eu levo os copos."

Despiram-se um ao outro, lenta e sadicamente. Fizeram das bocas cálices para o vinho, atracaram-se mais uma vez com redobrada ousadia.

"Vem, minha enfermeira, deixa eu fazer um exame de mamas."

"Isso, doutor, faz… mas faz com a língua, vem…"

Ais, uis, sssssbhhs, vems, mais, ssssssshhhs.

"Minha vez de examiná-lo, doutorzinho... Você já fez uma peniscopia?"

"Hã?"

"Deixa eu aplicar a substância reagente com a minha boca."

Ais, uis, ssssshhhs, vems, mais, vais, não-paras, assims, issos, sssssshhha, não-para-não-paras.

"Relaxa, meu bem, que agora é hora do papanicolau. Só que vou usar a língua."

"Isso, vem, doutor, inspeciona meus lábios, meu clitóris."

Ais, uis, ssssshhhs, vems, mais, vais, não-paras, assims, isso-cachorro, nossas, minha-mãe-do-céus, continua, sssssshhhs, lambe-lambe-lambes, mais-fortes.

"Relaxa, minha samaritana, e vira que eu quero fazer um exame de reto."

"O quê?"

"Vira de bumbum, amor, que eu vou introduzir um, digamos, supositório."

"Não, doutor, isso não..."

"Calma que eu já lubrifiquei, hoje vale tudo, relaxa."

"Então eu vou fazer fio terra!"

Ais, uis, ssssshhhs, caralho-tá-doendo, assims, nossas, relaxa-amor, minha-mãe-do-céus, ai-ai-ais, mais-um-pouquinho-mais-um-pouquinho, devagar-seu-puto, ai-meu-deus, puta-que-parius, porra-isso-dói, sssssshhhs, pera-ais, delícia, no meu não!

"Vem, doutor, vem logo, faz o exame de toque, entra com estetoscópio e tudo."

"Calma, mulher, não exagera."

"Cala a boca e vem pra dentro de mim, me rasga, me empala com seu espéculo."

Ais, uis, ssssshhhs, vems, mais, vais, não-paras, assims, isso-cachorro, nossas, minha-mãe-do-céus, não-para-não-paras, ai-meu-

-deus, continua, puta-que-parius, tô-quase-tô-quases, sssssshhhs, é-assim-que-você-gosta, quer-mais-cachorra, eu-vou-gozar.
Adormeceram.

*   *   *

Levantou-se e a encontrou na cozinha lavando os copos.
"Puxa... onze horas da manhã, já ia subir pra te acordar."
"Sábado é o único dia que eu durmo, porra."
"Mas a gente tem almoço na mamãe, esqueceu?"
"Não, estou me preparando psicologicamente pra aguentar seu pai."
"Grosso... Eu tô toda dolorida e de ressaca."
"Na próxima semana sua mãe fica com o Rafinha?"
"Não sei... meu pai quer ir pra praia."
"Seu pai é um saco, Júlia!"
"Mas bola de cristal não vale mais. Essa foi a história do mecânico, lembra? Não pode repetir!"
"Você vai de quê?"
"Acho que de aeromoça."
"Então vou de comandante."
"Não, pensei em algo mais agressivo... tipo bombeiro."
"Vou dar uma volta com a Laika. Essa cachorra não sai de casa há uma semana."
"Toma, põe o boleto do aluguel na sua pasta pra não esquecer."
"Você passou na lavanderia pra pegar o edredom?"

FELICIDADE

Desceu do ônibus rápido e subiu a viela que ladeava o salão de cabeleireiro da dona Evelina. Dois estampidos ecoaram distantes. O som já era familiar, em especial naquela semana. Não cabia em si de alegria. Em sua mente pleiteavam espaço as vozes que no último ano haviam afetado, ajudado, estimulado e atrapalhado sua meta.

"Estuda que você consegue."

"Não tem problema, tenta de novo no ano que vem."

"Isso não é pra você. Para e vai trabalhar com seu tio."

"Quando Deus preparar, você entra, filha."

"Esquece, Marinalva. Faculdade pública é coisa pra rico, que pode estudar em escola particular."

Dobrou à direita na rua do bar do Carlão e seguiu ladeira acima, ansiando encontrar algum conhecido pelo caminho para contar a novidade. Não teve a sorte do encontro. Os poucos com quem cruzou pareciam anestesiados e hipnotizados pela tela de um celular ou simplesmente absortos em seus pensamentos. Avistou o Rafinha, filho do dono da loja de gás, adolescente alienado que não ia se interessar pela novidade, principalmente agora quando sua única meta era ostentar a nova tatuagem no braço direito. Da mesma forma a Evelyn com a filhinha de colo. Contornou a montanha de lixo acumulado na calçada em frente ao mercadinho e continuou. Na porta da Congregação Cristã avistou muitas pessoas, mas desistiu de rastrear amigos. Sentia-se inflamada e esgotada, melhor seria chegar logo em casa, telefonar para o namorado, tomar um banho, comemorar.

"Minha filha vai ser doutora."
A voz da mãe orbitava reiteradamente sua cabeça.
"Quando você quer uma coisa, todo o universo conspira pra que seu desejo se realize", dizia seu livro de cabeceira. Fosse pelas orações da mãe, fosse por conspiração universal, não importava, o fato é que ela tinha conquistado. De sua parte preferia acreditar em força do pensamento, lei da atração, pronoia, poderes superiores, mas principalmente em determinação.
"Não desista, filha. A glória te espera. Deus vai preparar."
As convicções religiosas da mãe sempre lhe pareceram estúpidas, insanas e conformistas, assim como outras religiões. Sentia-se mais representada por filosofias como a budista e a cultura hindu.
"Tudo o que somos é consequência do que pensamos. A mente é tudo."
Passou o sacolão, a casa de carnes, a loja de roupas femininas da Valesca, o Pastelão do seu Breno, e virou à direita em sua rua. Correu os cento e poucos metros até a casa e entrou. Queria muito que a mãe estivesse lá para poder contar a novidade, mas sabia que hoje trabalhava na casa da dona Lavínia e só chegava depois das sete.
Com o coração disparado, ligou para o Jeferson. A conexão dentro da casa era sempre ruim. Subiu a escada lateral e tentou novamente da laje. A brisa fresca lambeu seu rosto quente e avermelhado. A visão do bairro carente e malconformado ali de cima lhe pareceu inexplicavelmente poética.
"Alô?"
"Amor… eu entrei."
"Oi, Mari… Mas como assim? Você tá falando da…"
"Sim! Eu entrei na faculdade!"

"Mas qual faculdade? Não pode ser que…"

"Essa mesma, eu entrei na faculdade pública."

"Meu Deus! Não acredito!"

"Eu disse a você que eu entrava. Só precisava de mais um ano de estudo."

"Você tem certeza? Viu onde? Na internet?"

"Vi o resultado pela internet e fui até lá confirmar. Tá lá meu nome: Marinalva Souza Rodrigues. Eu fui até a coordenação conversar, saber da matrícula."

"Que notícia maravilhosa! Eu tô passado… não sei nem o que dizer. Valeu o esforço todo desses dois anos. Precisamos comemorar."

"Vamos."

"Hoje!"

"Mas hoje é quarta-feira…"

"Eu saio da fábrica às seis e vou direto pra sua casa. E vou levar um vinho. Avisa sua mãe que hoje até ela tem que beber."

"Imagina, você sabe que minha mãe não bebe álcool."

"Mas hoje é uma ocasião especial. Talvez a gente tenha dois motivos pra comemorar."

"Dois?"

"Você… quer se casar comigo?"

"Jeferson…?!"

"É sério. Mas você não precisa responder agora. Eu tenho um bom emprego, tenho casa, você entrou na faculdade que queria, a gente se gosta, o que falta?"

"Ai… é muita emoção pro meu coraçãozinho…"

"Eu te amo."

"Também te amo."

Fechou os olhos e sorriu. O corpo formigava, sentia-se flutuar. Sua alma iluminou-se e explodiu de felicidade. Mais três estampidos soaram e reverberaram próximos. Eram fogos celebrando sua vitória. E que vitória! Já podia imaginar os amigos comemorando, a família, a Associação de Moradores, toda a comunidade em festa, orgulhosa dela.

Talvez tenha sido o acaso, talvez destino ou carma. Talvez Marinalva tivesse razão quando insistia em dizer que pensar positivamente atraía resultados e que o polo de atração seria a energia gerada em seu chacra cardíaco, o Anahata. Seu coração, portanto, se transformara num ímã.

"O caminho não está no céu. O caminho está no coração."

A bala perdida acertou o centro de seu peito. O coração apaziguou-se, o sorriso eternizou-se no rosto.

MONOSSILÁBICA

"Eu não aguento mais essa menina!"

"Calma, você sabe que ela é assim."

"Que saco! Parece muda!"

"Ela é tímida."

"Tímida? Nunca vi alguém passar um dia inteiro na companhia de outros da mesma idade e não dizer uma só palavra!"

"Você está exagerando. Ela respondeu todas as suas perguntas no carro."

"É verdade… respondeu. Ela disse: tá, sim, não, é. O auge de sua comunicação foi um 'anrã' arrancado a fórceps depois que meu filho tirou sarro da postura silenciosa dela."

"Tá vendo? Os outros caçoam e aí ela fica mais tímida."

"Ninguém caçoou dela, mas é inevitável que eles brinquem, afinal são todos adolescentes. Você sabe como é, adolescente não perdoa."

"É, mas ela fica constrangida com as brincadeiras e se cala mais ainda."

"Mais como? Vai deixar de falar três monossílabos por dia? Ninguém vai notar a diferença."

"Você precisa ser mais compreensivo. A Raquel gosta muito de você."

"Isso é outro assunto. Eu também gosto dela, mas é difícil a convivência com alguém que não fala."

"Você é que tem outra referência sobre quanto uma pessoa deve falar. Nem todo mundo fala pelos cotovelos como a Sandra."

"Ei! O que minha ex-mulher tem a ver com isso?!"
"Ela é sua referência de quanto uma pessoa fala."
"Para! Vamos parar por aqui. Minha ex-mulher não é referência pra nada. E não tem nada a ver você arremessá-la na nossa conversa."
"Quem fala muito fala merda."
"Para, Eloísa. A gente estava discutindo sobre sua sobrinha."
"Mas que ela fala demais, fala."
"Não vamos estragar nosso fim de semana."
"E só fala babaquice!"
"Chega. Ela fala demais e a Raquel fala de menos."
"A Raquel tem só dezesseis anos."
"Meu filho tem dezoito, a namorada dele tem dezessete e a amiga tem dezesseis. São todos da mesma geração. Ela devia se agregar ao grupo pra aproveitar melhor o sábado numa casa de campo. Olha lá…"

Do sofá onde estavam, podiam ver pelas portas envidraçadas o grupo de adolescentes no gramado próximo à piscina. Enquanto Raquel apenas observava sentada na grama, os outros se entretinham jogando um vôlei improvisado, sem rede, com regras esdrúxulas que mudavam ao sabor do momento.

"Tá vendo? Enquanto os três jogam bola, a Raquel fica sentada assistindo."
"E daí? Ela não gosta de jogar bola, oras."
"Não é essa a questão. O problema é que ela não se esforça pra se integrar."
"Ela está em minoria, Renato."
"Como minoria? Aqui não há facções."
"Deixa de se preocupar com ela, é pura timidez. Você sabe que a menina perdeu o pai cedo, tem problemas com a mãe."

"Todo mundo tem problemas com a mãe. Você não tem?"
"Eu não."
"Ora, deixa de frescura. Sua mãe é uma megera."
"Minha mãe não tem nada com isso! Não põe minha mãe na conversa."
"Você põe minha ex-mulher na conversa, mas eu não posso falar da sua mãe?"
"Renato, assim nosso fim de semana vai ser uma merda."
"Ah… eu já estou ficando irritado."
"Então guarde sua irritação pra depois. Fica quieto que a Raquel vem vindo."

Sem pressa, a menina adentrou a sala, sentou-se no sofá e enlaçou o braço da tia ao seu. Um silêncio constrangedor gritava aos ouvidos. Eloísa cochichou algo para a sobrinha, que retribuiu com um lacônico movimento negativo de cabeça. Aquela situação silenciosa era incômoda. Em poucos segundos, Renato sentiu-se na obrigação de provocar um diálogo.

"Não quis jogar vôlei, Raquel?"

Mais uma vez a cabeça apenas pendeu negativamente de um lado ao outro.

"Pena que está frio, né? Senão vocês podiam nadar…"
"…"
"A casa ainda não está totalmente pronta. Faltam alguns móveis, televisão, roupa de cama. Ainda não comprei a mesa de jantar. Mesmo assim eu adoro esse condomínio. É bonito demais aqui, não?"
"…"

(Tempo)

"Você já tinha vindo aqui pros lados de Itu?"
"Não."

(Tempo)

"Tem muitos adolescentes aqui no condomínio. À noite você vai ver. Ficam todos reunidos na sede. Meu filho já falou pra você?"

"Já."

"Você vai adorar aqui. Lá na sede tem restaurante, barzinho, mesas de *snooker*, pingue-pongue. Você joga pingue-pongue?"

Recostada no ombro da tia, com o olhar hipnoticamente cravado em algum ponto no chão, Raquel ensaiou menear a cabeça para os lados, num movimento tão insignificante que foi preciso um generoso esforço da parte dele para compreender. Olhou irritado para Eloísa, que suplicou com os olhos que ele relevasse. Não conseguiu.

"Raquel, eu estou falando com você."

A garota apenas levantou os olhos e elevou as sobrancelhas displicentemente.

"E aí...", insistiu Renato, inflamado. "Joga pingue-pongue ou não?"

"Não", respondeu ela, indiferente.

"Raquel, você precisa ser mais sociável. Os outros tentam fazer amizade e você não corresponde. Brincam e você não participa, jogam bola e você vem pra sala, a gente fala com você e você não responde..."

"Para com isso, Renato", cortou Eloísa, tentando manter uma aparente descontração. "A Raquel é tímida, você sabe."

"Que tímida? Isso já é patológico."

"Renato!"

"Pô, tá na hora de superar essa timidez. Tá certo, Raquel?" Ela não moveu nem os olhos.

"Raquel, você tá em transe, dormiu, desligou, morreu...?"

"Chega, Renato. Você passou dos limites!"

"Ok, tá bom... desculpe. Mas vamos aproveitar que avançamos nesse assunto e falar um pouco sobre timidez."

"Você vai continuar pegando no pé da menina?"

"Não, não se preocupe. Hoje nós vamos ajudá-la a superar esse problema. Eu vou lhe contar uma história... Uma antiga lenda hindu conta que houve um tempo em que todos os homens eram semideuses. Aí, como eles abusaram de seus poderes, Brahma, o maior de todos os deuses, decidiu tirar dos homens os poderes divinos e escondê-los num lugar onde nenhum homem encontraria. Houve então uma reunião de todos os deuses pra decidir que lugar seria esse. A primeira proposta foi enterrar a divindade dos homens na terra, no lugar mais difícil de se alcançar. Brahma recusou a ideia, alegando que o homem, obstinado pelos poderes, encontraria e desenterraria. Sugeriram então que fosse escondida no mais profundo dos oceanos. Mais uma vez, Brahma recusou a sugestão, alegando que, mais cedo ou mais tarde, o homem exploraria as regiões abissais, traria o tesouro à superfície e outra vez abusaria dos poderes."

Durante o discurso, a menina limitou seus movimentos a um desalentado franzir de testa, enquanto os dedos da mão direita lambiam os cabelos escorridos sobre o rosto.

"Então, os tais deuses convocados por Brahma chegaram à conclusão de que não existia na Terra nenhum lugar seguro onde se pudesse esconder algo tão cobiçado pelo homem. Brahma então decidiu esconder a divindade no lugar mais difícil de se procurar: dentro do próprio homem."

A última frase foi dita vagarosamente, em tom teatral, quase messiânico, tentando provocar com as últimas palavras uma reação de surpresa e comoção na plateia. Sorrindo de esguelha, esperou pelos aplausos. Silêncio. Ela nem se mexeu. Contrariado, continuou.

"Você entendeu? Captou a mensagem?"

"…"

"A moral da história?"

"Francamente, Renato… moral da história é ridículo."

"Ridícula é você, Elô, que é incapaz de entender o artifício que estou usando pra ajudar a Raquel!"

"Não me chame de ridícula, seu grosso!"

"Você falou primeiro."

"Mas eu não chamei você de ridículo, seu ridículo! Falei da história. Desde quando você conhece lendas hindus?"

"Desde quando eu descobri que ler é um hábito importante pra quem quer ter o mínimo de cultura."

"Ah, é?! Então deve ter sido na semana passada, pois o último livro que você leu eu te dei no seu aniversário, um ano atrás."

"Bravo!", aplaudiu ironicamente. "Falou a erudita… Aliás, você já terminou de ler aquela preciosidade literária do Sidney Sheldon?"

"Cala a boca, Renato!"

"Como era mesmo o nome? *O céu está desmoronando…* Não, esse você leu no início do ano… *Capricho das estrelas…*"

"Ao menos não gasto meu tempo me masturbando com e-mail pornográfico."

"Como é? Vai apelar agora?"

"Você acha que eu não vejo a coleção de fotos e filminhos que você manda pro meu irmão diariamente?"

"Foi ele que te disse isso?"

"Todos com um XXX no final do título do assunto."

"Seu irmão é que me manda aquelas merdas!"

"Quer saber? Ele não aguenta mais receber tanto lixo. E ainda fica falando lá em casa que eu namoro com um tarado."

"Aquele vagabundo, fracassado. Com trinta anos vivendo às custas do pai."

"Aliás, meu pai já perguntou se você tem algum problema sexual, se você é impotente…"

"Fala pra ele que eu sou tarado, sou impotente, mas não sou corrupto."

"Não fala assim do meu pai!"

"Fiscal da Receita Federal aposentado e troca de carro todo ano? Só você não quer ver."

"Cala a boca, Renato!"

"Todo mundo sabe que é dinheiro de suborno, nem ele esconde."

"Ao menos ele é um homem culto. Não pede 'um chopes e dois pastel' como seu pai."

"Meu pai pede 'um chopes', mas não bebe meio litro de uísque como o alcoólatra do seu pai."

"Ao menos meu pai não arrota na mesa."

"Meu pai é um homem simples, mas honesto."

"E você é um idiota."

"Idiota é você! Você, seu irmão, seu pai e a mandingueira da sua mãe, que domingo vai à missa e segunda vai na dona Zoraide jogar tarô."

"Eu vou embora."

"Já vai tarde. Aproveita e leva sua sobrinha muda pros Introvertidos Anônimos."

"Vai à merda, Renato!"

"Vai se foder, Eloísa!"

"Seu cavalo, mal-educado…"

"Vaca… frígida…"

"Veado."

"Puta."

"Vai pra puta que o pariu!"

Eloísa levantou-se enfurecida e dirigiu-se para a porta de saída.

"Vamos embora, Raquel."

"Espera, Raquel! Você passou o tempo todo calada, assistindo a uma briga que começou por sua causa e agora vai embora sem dizer nada?"

"..."

"Não é justo. Fala alguma coisa, porra..."

"..."

"Fala, menina!"

"Cu."

SANGUE NA RATOEIRA

"Tem rato na casa."

O café da manhã era a única refeição que faziam juntos. Assim, converteu-se no palco predileto das lamúrias e reclamações dela.

"Como assim, benzinho?"

"É o que eu falei: tem rato na casa! Ou você tá surdo, Adalberto?"

"Não... não é isso, eu escutei. Só queria entender se..."

"Não tem nada pra entender, tem rato na casa, ponto-final!"

Reforçou o ponto-final arremessando o açucareiro na mesa com tal violência que Adalberto pulou assustado. Ato pensado, resultado previsível.

"Mas você viu, Nezinha?"

"Não vi, mas ouvi. Andando no forro."

"Pode ser pomba. Tem pomba aqui no..."

"Não é só isso. Aquele armário no quintal tem um buraco na base. Ali deve ser a entrada de um ninho."

"Mas eu nunca vi rato aqui."

"Tem que jogar aquele armário no lixo."

Enquanto esbravejava, apontava e desenhava no ar, com a faca lambuzada de manteiga, o telhado, o armário, o buraco. Ele, sobressaltado, afastava o rosto do percurso da faca, que ostensivamente insistia em se aproximar.

"O armário não é nosso. A casa é alugada."

"E daí? Eu não vou ficar morando numa casa que tem um ninho de rato no quintal. Fala com o proprietário. Se ele quiser o armário, que leve pra outro lugar, junto com seus ratinhos de estimação. Tá com medo de falar com ele?"

"Nã-não, não é isso, amor. É que eu preciso de argumentos pra exigir que ele retire o armário. Aqui nunca apareceram ratos."

"No nosso quintal não, mas no da vizinha apareceu."

"Qual vizinha?"

"Aquela vagabunda da casa 3. Aquela que te ouriça todo quando você cumprimenta."

"Eu só procuro ser educado, mais nada."

"Eu odeio essa vila. Ela é puta, sabia?"

"Ela é estudante, faz fa-faculdade de…"

"Só se for faculdade de putaria. Ela trabalha em casa de massagem. A Doraci que me contou."

"E como a Doraci sabe disso?"

"Ela é faxineira nas duas casas. Sabe de tudo."

"Isso pode ser boato, amor."

Ela acendeu provocativamente um cigarro, tragou fundo e expirou no rosto dele, ciente do desaforo de seu ato. Ele, expressão crispada, abanou-se tentando sem sucesso se livrar da fumaça que esbofeteava seu rosto.

"Vo-você vai fumar agora?"

"Não estou fumando, é boato…"

"Mas são sete e meia da manhã."

"Eu comprei o cigarro com meu dinheiro, fumo a hora que quiser!"

"É mu-muito cedo, Nezinha."

"Meu cigarro não bate cartão. Aliás, o único que bate cartão nesta casa é você."

"Ao menos abre a po-porta do quintal pra fumaça sair."

"Eu não. Tem rato lá fora."

"Ratos são animais noturnos, dificilmente vo-você vai ver um de dia."

"Isso, sim, é que é boato. Tem rato a qualquer hora. Desde quando rato usa relógio?"

"Não é isso, é a luz."

"E se um entrar aqui? Quem vai pegar?"

Ele hesitou por um instante, elevou o queixo e falou convicto.

"E-eu."

"Você? Ha, ha, ha! Oras… não me faça rir, Adalberto. É capaz de você sair correndo mais rápido do que eu. Se o Miguel estivesse vivo…"

"Eu não tenho medo de rato."

"Você já enfrentou um rato alguma vez?"

"Na-não, mas…"

"Então cala a boca! E para de gaguejar que eu odeio quando você gagueja. Tem rato nesta casa! Eu não vou comprar veneno, tenho nojo só de pensar. Isso é coisa de homem fazer… se é que você ainda se lembra o que é ser homem."

"Ve-veneno de rato?"

"Compra aquele chumbinho, traz à noite. E vê se faz a barba antes de descer pro café da manhã! Você fica com cara de mais fracassado ainda."

Fazia quatro meses que haviam se mudado para a casa na vila. Apesar do transtorno que toda mudança representa, a casa era ampla, bem localizada e o aluguel era honesto. O pequeno quintal, uma área aberta de uns cinco metros por quatro, era passagem para a edícula, que abrigava quarto, banheiro e lavanderia. Na lateral esquerda do quintal, um canteiro de terra permitia o crescimento espontâneo de inúmeros pés de marias-sem-vergonha róseas. Próximo à porta da lavanderia, onde o canteiro se ampliava, os galhos fortes de um pé de pitanga serviam de apoio a um ninho de sabiá. Do outro lado, encostado no muro e encaixado entre a parede da cozinha e o quarto dos fundos, havia o tal armário: velho, pesado e de mau gosto, que de fato ostentava uma abertura suspeita em seu rodapé.

Adalberto era contador. Trabalhava num cartório no centro da cidade. Há quatro anos, ganhou, por méritos próprios, uma sala só sua e o título de gerente. "Grande merda!", provocava a mulher. "Salário que é bom…" A princípio, orgulhou-se da honraria. Com o tempo, percebeu que o novo ambiente de trabalho, um cubículo de cinco metros quadrados, o isolava de vez do contato humano. Ali encarcerado, passava os dias, os meses, os anos. Seu único hobby era ler sobre museus, cidades turísticas, países, povos e costumes. Embora nunca tivesse feito uma viagem internacional longa, conhecia mais sobre Paris, Londres, Roma, Nova York que muita gente que lá estivera. Era comum amigos e parentes ligarem para ele antes de viagens. Pontos turísticos eram sua especialidade: sabia tudo sobre a Torre Eiffel, a Esfinge de Gizé, o Empire State Building, o Coliseu, a pirâmide de Chichén Itzá, a CN Tower. E sempre brindava o ouvinte com informações excêntricas como as sete horas e meia da viagem do Glacier Express, o trem que corta os Alpes suíços, ou que foram necessárias mil e setecentas toneladas de aço na construção da London Eye, a mega roda-gigante de Londres.

Assinava uma revista de viagens e turismo que recebia no escritório e levava para casa escondida na pasta. Lá, lia no banheiro e ocultava numa fresta atrás do armário. Se Inês, sua mulher, visse, era briga na certa. Ela administrava com mão de ferro as despesas domésticas, a pretexto de guardar dinheiro para a compra da casa própria, que, segundo os cálculos dele, só ocorreria em dezenove anos. "Meu ex-marido sempre dizia: pra fazer bom negócio, tem que ser à vista." A lembrança do ex-marido, morto aos trinta anos de aneurisma cerebral, era uma sombra constante entre os dois. Ela não se cansava de citá-lo sob quaisquer pretextos.

Casados há dezesseis anos, não tinham filhos. Inês ostentava uma bem-sucedida carreira de sacoleira. Abastecia-se nas confecções e fábricas de bijuterias que conhecia, revendia no bairro e nas cidades vizinhas. Sua rede informal de contatos incluía amigas em mais de vinte cidades próximas, para onde viajava aos sábados ou domingos, já com uma tarde de exposição e vendas agendada. Essas amigas, que chamava de representantes, ofereciam a casa, recebiam uma mesquinha comissão nas vendas e o direito de comprar com descontos. A fama de bons preços e prazos negociáveis mantinha o comércio. Duas vezes por ano ia a Ciudad del Este, no Paraguai, de onde retornava repleta de tralhas e encomendas. Orgulhava-se de nunca ter sido barrada.

No trabalho, Adalberto aproveitou para conversar com um dos motoboys do cartório, morador da periferia que estava mais familiarizado com roedores e cujo pai trabalhava numa empresa de dedetização.

"O chumbinho é um veneno poderoso, mata o rato rapidinho. Só que é proibido, não tem nas lojas. Não tem cheiro, não tem gosto, o rato morre, mas, se tiver cachorro ou gato na casa, come e morre também. Perto da minha casa já vi criança que comeu e só não morreu porque foi rápido pro hospital. Se o senhor quiser, meu pai arruma. Mas tem que tomar cuidado."

No final da tarde, como fazia todos os dias, foi à casa da mãe, oitenta e dois anos, viúva. Era o melhor momento do dia. Ali, por duas a três horas, ficavam conversando amenidades enquanto degustavam um prato de sopa com pão. Hoje o jantar era seu predileto: caldo de feijão com batatas e macarrão de letrinha, uma de suas preferências do tempo de criança. Não era exatamente um diálogo o que se seguia. Há dois anos a mãe havia se submetido a uma laringectomia total para a retirada de um câncer. Assim, sua respiração e fala ocorriam agora através de um traqueostoma, um orifício no pescoço. Com a perda da fala laríngea, ela tentara aprender a usar a voz esofágica, mas nunca ultrapassara algumas poucas sílabas e palavras. Não mais falava, grunhia. Mas, entre grunhidos e gestos, se comunicavam perfeitamente. Para ele, representava a oportunidade de exercitar aquilo que não tinha em nenhum outro momento: falar e ser ouvido.

Naquele dia, o fim de tarde estava especial. Além da sopa, seu sobrinho Thiago também aparecera para visitar a avó. Adalberto foi o centro das atenções, expondo seus conhecimentos sobre safáris fotográficos, o Kruger Park, o Cabo da Boa Esperança em Capetown, o hotel Palace de Sun City e tudo o mais sobre a África do Sul, matéria principal da última edição da revista que assinava. O final da conversa, como não poderia deixar de ser, desaguou no problema dos ratos. Thiago, que cursava o primeiro ano de veterinária, foi veemente em desaconselhar o tio a utilizar o tal chumbinho.

"O veneno é altamente tóxico e, depois que um ingere e morre, os outros não comem mais o produto."

Sugeriu que o tio usasse um veneno anticoagulante de efeito retardado. Os mais comuns produzem hemorragia interna e o animal leva até cinco dias para morrer. Assim, enganava a colônia e aumentava a chance de pegar vários.

"Agora, se no armário tiver de fato uma toca, pode ser que alguns morram lá dentro. Vai ter que tirar o armário de lá."

Se a ideia de ratos na casa já era repugnante, pensar nos bichos estrebuchando moribundos embaixo do armário lhe causava náuseas. E pior: só ia perceber depois, pelo cheiro da carne em putrefação.

"Por que o senhor não compra uma ratoeira, tio?"

Comprou. Na volta para casa, passou no supermercado e comprou o melhor modelo que lá tinha. Achou pequena, frágil, inofensiva. Mesmo assim, adentrou a casa qual soldado com a arma engatilhada.

"Trouxe o veneno?"

"Veneno?"

"Você não comprou o veneno de rato?"

"Bem, Nezinha… eu achei que veneno…"

"Eu não falei pra você comprar o chumbinho?"

"Fa-falou, mas eu pesquisei e… veneno espalhado no nosso quintal não é uma boa opção."

"Quem falou?"

"Um amigo."

"Quem?"

"Um amigo lá do escritório e… e…"

"Quem?!"

"O Laurindo."

"O motoboy?"

"É, mas o pai de-dele…"

"Ai, Adalberto, como você é inútil!"

"Além disso, fiquei preocupado com o sa-sabiá… ele pode comer."

"Eu odeio esse sabiá! Ele destruiu o xaxim da minha orquídea."

"Ele estava fa-fazendo o ninho, amor, e os gravetinhos do xá-xaxim…"

"Tomara que coma! E que morra! Eu não vou passar mais uma noite nesta casa com ratos passeando pelo meu quintal. Você vai sair agora e comprar algum veneno."

"Mas eu trouxe uma ratoeira."

Adalberto retirou o objeto da sacola de supermercado como quem desembainha uma espada e apontou na direção da mulher, que saltou para trás acuada e colou o corpo na parede da cozinha.

"Tira esse troço de perto de mim, Adalberto, que eu tenho nojo!"

"É no-nova, nunca foi usada, tá na embalagem."

Dedos crispados na parede, rosto de lado, expressão de pavor. Ele nunca havia visto Inês daquele jeito.

"Leva esse negócio pra longe de mim, seu retardado!"

O primeiro impulso foi retirar-se de imediato, desculpar-se reverente, mas algo o impediu. Manteve o objeto na mão estendida e iniciou pequenos movimentos pendulares enquanto ouvia a respiração ofegante dela.

"Eu… tenho… nome…", falou desapressadamente.

Ela implorou:

"Por favor, Adalberto! Por favor!"

Há quanto tempo ele não ouvia "por favor." Anos. Moveu-se lentamente entre ela e o sofá da sala, sempre com a ratoeira na mão, deleitando-se pela efêmera ocasião. Um sentimento havia muito tempo ausente invadia seu peito, ramificava-se em todas as direções, ruborizava o rosto, rejuvenescia, despertava seu instinto sexual. Fechou os olhos, inspirou profundamente, como que a guardar para sempre dentro de si todo o gozo daquela ocasião. Deixou-se embriagar pelo momento único. Somente voltou à realidade e desengatilhou a arma quando passou pela porta da cozinha.

"Eu vou testar a ratoeira. Se não funcionar, compro o veneno."

"Seu monstro!", vociferou ela enquanto corria escada acima. "Você me paga, seu… fracassado!"

Um sorriso espontâneo e inevitável infundiu-se em seu rosto e dominou o resto da noite. Prendeu criteriosamente um pequeno pedaço de casca de queijo no sensor da ratoeira, armou o gatilho e colocou próximo do armário.

No outro dia de manhã, de braços cruzados, mordendo o canto do lábio, ela já o esperava na porta da sala para a cozinha.

"Vai olhar sua ratoeira!"

"O que é que tem, Nezinha? Pegou algu…"

"Olha, mas pelo vidro, não abre a porta do quintal."

"Mas por quê?"

"Olha", insistiu com um cinismo flagrante.

Adentrou tímido a cozinha. Pelos vidros que decoravam de forma losângica a porta, ele pôde ver a armadilha. Intacta, imóvel e indiferente ao aventureiro que lhe roubara a isca.

"O queijo! O queijo su-sumiu!"

"Óbvio, seu babaquara. O rato comeu. Tá provado agora que eu tinha razão… como sempre. Tem rato na casa!"

"Mas a ra-ratoeira não disparou?!"

"Claro que não. O rato é muito mais esperto que você. Aliás, não precisa muito pra isso."

"Eu a-acho que…"

"Você não acha nada, Adalberto. Vou falar pela última vez: compra o chumbinho! Hoje você não entra nesta casa sem o veneno. Senão compro eu!" Fez uma pausa teatral e arrematou: "E ponho na sua comida!"

Então saiu, batendo a porta.

Adalberto foi até o quintal examinar a ratoeira. Ao cruzar a cozinha, teve que se apoiar na pia, tal a vertigem que experimentava. Era apropriado: a tontura aos tontos, aos desatinados, aos estúpidos. Os pensamentos sangravam caóticos e emaranhavam sua lógica pitagórica. Passou a considerar a hipótese de Inês ter razão: era mesmo um fracasso, um arremedo de homem. O que o manteve de pé foi a longínqua lembrança de que nem sempre fora assim.

Com uma das mãos segurando a mola, pressionou levemente com a outra o sensor. Realmente estava duro, não dispararia facilmente. Forçou e o gatilho disparou. Antes que pudesse raciocinar, a guilhotina golpeou impiedosa a articulação do indicador. Instintivamente lançou o objeto longe, mas uma vala arroxeada já se esculpira em seu dedo trêmulo. A dor foi lancinante. O ridículo maior. Os olhos vidrados buscaram a porta da cozinha e a possibilidade de a mulher ter assistido à cena constrangedora. Apesar de não estar presente, podia ouvir sua risada. *"Bem feito! Seu moloide apalermado."*

Ao chegar ao cartório, intimou o motoboy a lhe trazer o chumbinho.

"Não tem problema, seu Adalberto. Fica calmo que no fim da tarde tá aí. Mas toma cuidado."

O dedo roxo era a prova física do fiasco. Passou o dia desconcentrado, o trabalho não rendeu. Cancelou compromissos, adiou o relatório. A gagueira, que era exclusividade de seu ambiente doméstico, começava se insinuar também ali. A garganta hospedava um nó que quase o impedia de respirar. Doíam-lhe o dedo, a mão, o braço, o peito, a alma. Na mente, mesclavam-se o júbilo fugaz de ontem e o vexame de hoje. A coragem e o medo, a luz e a treva, o céu e o inferno.

Deixou o trabalho mais cedo, passou na mãe, não ficou para a sopa. Agradeceu, mas tinha outros planos para aquela noite. Antes de chegar em casa, foi ao supermercado e comprou cenoura, cebola, alho, tomate, caldo de carne, tomilho, louro, cheiro-verde, pimenta-preta, cogumelos, farinha de trigo, filé-mignon. Lembrou-se de que o vinho madeira ele tinha na pequena e esquecida adega embaixo da escada. Durante uma hora e meia deteve-se ritualisticamente no preparo da surpresa.

Quando a mulher chegou, a mesa da sala estava posta: toalha de linho, os pratos de porcelana italiana que herdara da avó, garrafa de vinho, duas taças de cristal, velas acesas. Inês entrou em casa alvoroçada como sempre, mas desarmou-se ao ver o cenário. Na cozinha, encontrou Adalberto terminando de decorar o arroz com cubinhos de tomate que pareciam terem sido fatiados num molde. A disposição lembrava um estendido tabuleiro de xadrez.

"Posso saber o que está acontecendo aqui?"

"Nada de mais, amor. Eu fiz um jantar pra você."

"Pra mim?"

"É, pra você."

"Mas… estamos comemorando alguma coisa?"

"Com certeza. Mas é surpresa."

"Hoje é nosso aniversário de casamento? Se for isso, não quero comemorar."

"Não, Nezinha, o aniversário foi mês passado. Senta, aproveita o jantar."

"Nossa! O cheiro está delicioso. O que você fez?"

"Seu predileto: filé-mignon ao molho madeira."

"Puxa! Ainda se lembra… há quanto tempo você não faz…"

"Seis anos, onze meses."

"Bom, ao menos sua memória continua funcionando, porque o resto…"

Adalberto encheu as taças de vinho, serviu a ela, propôs um brinde. Ela correspondeu ao tim-tim com um sorriso. Há muito esquecera o rosto da mulher sorrindo. Apesar dos cinquenta anos e dos quilos a mais, ainda conservava os traços delicados dos trinta. Por um átimo, repassou na mente as últimas férias em Maceió, os fins de semana no sítio do primo, a lua de mel em Buenos Aires. Uma pontada no indicador fê-lo retornar.

"Senta, meu bem, que está quentinho. Eu vou servir."

"Olha... se você está querendo se desculpar por ontem, não sei, pode ser que eu aceite."

O jantar transcorreu em insólita harmonia. Ela insistiu para que ele provasse o prato, mas ele rejeitou.

"Obrigado, mas fiz o jantar pra você. Já comi na minha mãe."

Ela bebeu e repetiu, comeu e repetiu, falou e riu. Contou-lhe sobre a viagem da semana passada, sobre o casal gay da casa um, sobre o final da novela das sete, sobre o joanete.

"Desculpe. Esqueci a sobremesa. Mas ainda tem um pouco de doce de abóbora da minha mãe."

"Nossa... eu comi tanto que dispenso a sobremesa. Mesmo porque eu odeio esse doce de abóbora da sua mãe. Joga fora que já tá velho."

"Proponho um último brinde."

Dividiu irmãmente nas taças o que restava na garrafa e ergueu a mão. Ela correspondeu, elevando sua taça acima da dele.

"Mas estamos brindando o quê? Faz muito tempo que não temos nada a comemorar."

"Esqueça o resto. Brindemos a essa noite."

Tim-tim.

"Adalberto, tenho que reconhecer que seu jantar estava especial. Você não sabe o que perdeu."

"O molho madeira é muito forte pra mim. Dá azia. Os medalhões de filé estavam macios?"

"Ótimos. E no ponto: dourados por fora, sangrando por dentro."

"Sangrando por dentro... perfeito."

"É, assim, malpassados. Mas tinha alguma coisa de diferente nesse seu molho. Estava mais denso, mais escuro. Me conta o segredo?"

Adalberto puxou de dentro do bolso da jaqueta um saquinho transparente com bolinhas pretas e jogou na mesa.

"O que é isso, Adalberto? Ah... pimenta-do-reino! Você colocou pimenta-do-reino? Por isso estava assim picante."

"Você gostou?"

"Adorei! Eu adoro uma pimentinha, mas me deixa assim, acalorada."

Inês se abanou com as mãos.

"Você está mesmo com o rosto avermelhado."

"É a pimenta. Daqui a pouco passa. Bom, estava tudo ótimo, mas... não pense que me esqueci. Trouxe o chumbinho?"

Ele tirou do mesmo bolso da jaqueta outro saquinho de plástico transparente também repleto de bolinhas pretas e jogou na mesa, próximo ao primeiro. Ela arregalou os olhos.

"É isso que é chumbinho?"

"É."

"Mas... é igual à pimenta."

"Igual não, parecido."

"Mas, Adalberto, não me assusta... Qual deles é o veneno?"

"Esse aqui", disse, apontando para o primeiro.

"Você falou que era o outro!"

"Ah... falei? Então é o outro."

"Para, Adalberto, essa brincadeira não tem..."

"Será que é o outro? Deixa eu ver."

Adalberto pegou os dois saquinhos, examinou de perto o primeiro, depois o segundo. A encenação estava declarada. Seu personagem era cínico e irônico.

"Será que é esse? Será que é esse? Puxa, como são parecidos."

Com a mão direita cerrada no peito, ela ofegava.

"Adalberto... o que foi que você fez?!"

"É fácil reconhecer: a pimenta-do-reino é mais enrugadinha... Olha, tá vendo? Bem, sem meus óculos não vejo bem de perto. Onde foi que deixei os óculos?"

"Para com isso, Adalberto. Eu..."

"Sabe por que o chumbinho é proibido? Porque não tem cheiro, não tem gosto."

"Adalberto... estou sentindo falta de ar..."

"Por isso acontecem muitos acidentes com animais domésticos e crianças."

"Minhas mãos... estão... formigando..."

"Parece mesmo uma balinha, não é? Ele abriu um dos pacotes, retirou uma bolinha, elevou-a à altura dos olhos, ficou rodando com ela entre o polegar e o indicador ferido. "Será que é esse o chumbinho?"

Ela tentou levantar-se, mas caiu sentada em pânico na cadeira.

"Meu Deus! Você me envenenou..."

Adalberto abriu calmamente o outro pacote, retirou outra bolinha, fez o mesmo com a mão esquerda e continuou com a pantomima.

"Puxa... mas são parecidos mesmo! Dá até pra confundir."

"Me leva pra um hospital, Adalberto... Por favor!"

"Sabe o que acontece ao rato quando come o chumbinho?"

Contrastando com a serenidade dele, a respiração dela chegou a um ritmo culminante e iniciou a desaceleração.

"Adalberto... você não pode..."

"O veneno lesa o sistema nervoso central, causa paralisia dos pulmões e altera o ritmo cardíaco."

"Eu estou morrendo, Adalberto..."

"Quem come fica entorpecido, baba, tem convulsões."

"Meu corpo... tá todo... tremendo! Me leva pro hospital..."

"Ah... pode até morrer por asfixia."

"Pelo... amor... de Deus..., Adalberto..."

Ele girou os túrbidos globinhos entre os dedos enquanto movia os olhos de um ao outro, de volta ao primeiro, mais uma vez ao segundo.

"É... só tem uma maneira segura de não confundir os dois."

Continuou olhando despreocupadamente para as bolinhas nas mãos, escolheu a da direita, levou até a boca, arrependeu-se, encenou a dúvida, balbuciou ininteligível uma negativa, balançou a cabeça. Ela, com os olhos esbugalhados e lágrimas escorrendo, já não falava, apenas soluçava, resfolegando. Ele optou indolentemente pela bolinha da mão esquerda, levou à boca, exibiu-a provocativamente entre os dentes e mordeu. O ruído atingiu os ouvidos dela como um tiro. Com o rosto sereno, sem expressão, ele prosseguiu ruminando sonoramente durante eternos segundos, até o veredicto.

"Pronto, essa é a pimenta, portanto o chumbinho é o outro." Ele se levantou, jogou o chumbinho sobre os restos no prato dela, aprumou desapressadamente a camisa para dentro da calça. "Não se preocupe, você comeu pimenta-preta. Gostou do jantar?"

Guardou ambos os saquinhos na jaqueta, limpou as mãos na toalha da mesa e se retirou. Ela continuava paralisada, com as mãos caídas sobre as coxas e suor escorrendo pela fronte. A vermelhidão do rosto cedera lugar à palidez. Ao atravessar a porta da cozinha, ele se virou e ordenou:

"Eu fiz o jantar, então hoje quem lava a louça é você."

Há muito tempo não se sentia com tanta energia. Uma sensação de força e virilidade o assaltava. Dirigiu-se até o quartinho dos fundos, pegou a ratoeira. Numa inspeção pormenorizada observou que o gatilho apresentava uma rebarba na extremidade onde fora secionado. Ali estava a razão do insucesso. Eliminou o excesso com uma lima. Testou, disparava sob a mínima pressão. Agora, sim, tinha em mãos uma arma. Prendeu a isca e recolocou o objeto ao lado do armário. Passou indiferente pela mulher, que tentou abordá-lo na cozinha, e saiu de casa. Voltou depois das três da madrugada.

* * *

"Adalberto... acorda."

A voz dela soava como solo dodecafônico de trombone.

"Adalberto..."

Ele entreabriu os olhos apenas o suficiente para espionar o despertador, cobriu-se até a cabeça.

"Não me amola, Inês, hoje é sábado, eu vou dormir."

"Por favor, aconteceu uma coisa. Você precisa ver."

"Me esquece, Inês. Me deixa dormir."

"Por favor, meu bem. Eu estou... morrendo de medo."

Era quase insólito ouvi-la dizer "meu bem" e ainda mais um "por favor". Alguma coisa importante estava acontecendo.

"Qual é o problema, Inês?"

Ela se aconchegou ao ouvido do marido e segredou:

"Tem sangue na ratoeira."

Alvoroço. Finalmente, o êxito. Adalberto pulou da cama, lavou os olhos, fez sua higiene bucal com a cerimônia de sempre, colocou os óculos e desceu. A mulher ia atrás, agarrada em seu pijama de tal forma que tropeçava em seus calcanhares.

"O que é que está acontecendo, Inês?"

"Não me larga... por favor. Eu estou apavorada!"

Da cozinha, observou pela porta a ratoeira desarmada, o queijo ainda preso ao sensor, e ao lado dele um líquido denso, vermelho, quase púrpura, em forma circular. No chão, outra mancha de sangue maior maculava a ardósia cinza e ratificava seu sucesso. Saiu no quintal para contemplar de perto. Ela seguiu junto, grudada em sua roupa.

"Espera na cozinha."

"Nem morta! Sozinha eu não fico! O rato pode estar dentro da casa."

Espreitou embaixo do tanque, atrás do latão de lixo, abriu todas as portas do armário. Ao mínimo ruído que Adalberto provocava, Inês reagia com suspiros e gemidos. Explorou os cantos das paredes, o muro da vizinha. Ao se aproximar da porta da lavanderia, estancou. Seu movimento interrompido foi imediatamente sonorizado por um gritinho histérico da mulher.

"Que foi?"

Não respondeu. No chão, embaixo de uma folhagem, via-se o dorso de um pequeno bicho de pelo cinza-amarronzado. Corpo delgado, orelhas grandes, sem pelos, calda longa, maior que o próprio corpo.

"O que foi? Fala! O que te-tem aí?"

Aí veio a constatação mais intrigante: o dorso tinha sutis movimentos. Elevava-se e recolhia-se em oscilações não compassadas. Havia algo de mórbido ali. Era perceptível a dificuldade do animal em respirar. Estava ferido mortalmente, escolhera a proteção e sombra da folhagem para consumar seus últimos momentos. Adalberto pegou a vassoura encostada na porta da lavanderia e se aproximou, mas o animal não se mexeu. Cutucou vacilante a vegetação, e o bicho continuou estático.

"Ai meu Deus…! Ai mi-minha Santa Rita de Cássia…! Ai…"

"Cala a boca, Inês."

"O ra-rato tá morto, né? Pelo amor de Deus, fa-fala que o rato tá… tá morto!"

Ouvir a mulher gaguejando era a experiência mais hilária que havia lhe acontecido nos últimos anos. Podia perceber seus dentes tremelicando na boca. Pensou em prolongar ao máximo aquela situação.

"Eu não que-quero olhar… Eu nã-não vou olhar…"

"É melhor mesmo você não olhar."

"Ai me-meu Deus! Minha Sa-Santa Rita de Cássia! Ai…"

"Cala a boca, Inês!"

Bastava uma pancada. Uma única batida certeira na cabeça do rato. Simples e eficaz. O gesto elementar de descer a vassoura com mediana força seria suficiente. Só tinha um problema: ele nunca havia matado um animal. Inês agora mastigava as palavras entre os dentes.

"A-ai meu Deus… ai me-meu Deus!"

Ela não parava de citar Deus. Ele levantou a vassoura acima do ombro. Sua mente perdia-se num turbilhão de pensamentos desencontrados. Lembrou-se de uma matéria sobre turismo sagrado, que falava da Índia e dos princípios básicos do hinduísmo. *Todo ser vivo, humano ou não, possui um espírito imortal, que reencarna.* Será que ia reencarnar rato? Lembrou-se do Templo de Karni Mata, construído no século XVII, onde ratos são adorados e alimentados com leite e doces. Talvez Inês tivesse razão: ele era mesmo um irremediável covarde. *Lei do carma*. Baixou a vassoura gentilmente e cutucou o bicho. Imediatamente o animal levantou a cabeça e o confrontou. O caçador retraiu-se. *Roda do Samsara*. Toda a lateral direita da cabeça, do focinho à orelha, exibia sangue. Ouvira falar que rato acuado ataca, pula no pescoço. *Brahma, Vishnu e Shiva*. Sentiu-se ameaçado e decidiu pelo golpe de misericórdia. Assim que Adalberto levantou a vassoura, o roedor ressuscitou e disparou, ladeando o muro. O ataque desferido ganhou o chão vazio. Inês começou a gritar, histérica. Adalberto soltou-se dela e iniciou a perseguição. Mais uma pancada, e outra, e o rato era mais ágil. A mulher, braços distendidos ao chão, dedos travados asfixiando as mãos, prosseguia e progredia com o escarcéu.

"Cala a boca, Inês!", também ele agora gritava.

A trilha dos cantos das paredes findava na porta escancarada da cozinha. Se o bicho entrasse na casa, o problema potencializava. Adiantou-se e bloqueou a passagem, obrigando o bicho a tomar o caminho de volta. Inês era o centro da arena onde a perseguição agora se invertia para o sentido horário. De novo ladeando o muro, o rato passou pelas folhagens, porrada, pela porta da lavanderia, porrada, pela porta do quartinho. Seu destino se revelava: a toca do armário. Adalberto vislumbrou todos seus esforços naufragando. *Como uma garganta suporta berrar tanto?* Esticou a vassoura e bateu forte próximo ao armário: atingiu a ratoeira, que voou longe, provocando adicional sonoridade ao berreiro. Mais uma vez o animal inverteu sua fuga, circulando Inês no sentido anti-horário. Adalberto sentiu a cabeça incendiar-se.

"Eu... odeio... ratos!!!"

Quando passava pela porta da lavanderia, o alvo foi atingido com violência e guinchou. Deitou de lado e iniciou um estiramento das patas e do pescoço. Mais um golpe, outro golpe, e o bicho ainda agitava as patinhas e o focinho. Uma paulada mais forte e ele deu sinais de rendição. Um último espasmo precedeu o último golpe.

Por um segundo, o silêncio invadiu o mundo. Coração disparado, percebeu que vencera. Definitivamente não era o exemplo do covarde ou do fracassado. Tudo era apenas uma questão de tomada de atitude. Do ferimento lateral do rato voltava a brotar um ralo filete de sangue. Era vermelho, denso, glorioso. Exibia uma beleza que Adalberto desconhecia. Como era nobre o vermelho! Como pudera viver tantos anos sem ter a consciência desse encanto? Como pudera excluir durante tantos anos o vermelho de sua vida? Não tinha uma meia vermelha, um short vermelho, uma camisa vermelha. Nem mesmo um boné vermelho se recordava de ter usado na vida. Havia grandeza na cor, esplendor, honra. Imaginou-se de terno vermelho, por que não? Abandonaria definitivamente os tons de cinza, marrom e azul-marinho. Aos poucos, uma cor púrpura tomou o solo, as paredes, ultrapassou os muros, as ruas, a cidade. Imediatamente um estrondoso raio cinza-amarronzado feriu mortalmente seu apoteótico céu vermelho e alastrou-se, desfigurando definitivamente a magia do momento. Os gritos de Inês o conduziram de volta.

"Chega de gritar! Acabou!"

Mas ela estava surda aos seus apelos.

"Para com isso, Inês! Chega!"

Com os olhos e ouvidos vedados, ela prosseguia com o estardalhaço musofóbico. Sua aversão a ratos era mórbida e irracional. Ele entendeu que não seria ouvido. Agarrou-a de frente pelos braços e gritou, enquanto simultaneamente a chacoalhava com vigor.

"Chega, Inês! Para!"

Ela desabou. Silenciou, entrecerrou os olhos e submeteu-se bamboleante e exausta aos braços do marido. Adalberto arrastou-a para dentro de casa, surpreso com a própria força. Sentou-a no sofá, serviu-lhe água com açúcar. Acima e nas laterais da testa dela, os cabelos molhados pelo suor grudavam na pele e emolduravam o rosto pálido e inexpressivo. Segurando as mãos dele com o copo, ela sorveu dois goles e tentou agradecer. A voz não saiu, mas os olhos se pronunciaram com gratidão. Ao retirar o copo da boca, não permitiu que ele afastasse as mãos. Trêmula, escorregou os dedos pelos pulsos do marido, subiu até os cotovelos e puxou-o em sua direção. Por um instante, Adalberto negou-se a admitir que ela insinuava um gesto de afeto e reagiu adverso, mas a insistência da mulher o fez relaxar e ele lentamente se sentou ao seu lado. Inês abandonou a cabeça no peito dele, cingiu decidida sua cintura com os braços e elevou os joelhos em seu colo. Assim, em posição quase fetal, ela capitulou.

Não há como saber quanto tempo se passara. O mundo tornou-se momentaneamente atemporal. O passado, o presente e o futuro agora ocorriam simultaneamente. As dualidades se fundiam. O micro e o macro eram um só. Muitos minutos, ou horas, ou dias depois, a dor dos músculos oprimidos compeliu-os de volta. Ainda sem que uma única palavra fosse proferida, Adalberto ergueu a mulher e a encaminhou a subir as escadas e deitar na cama. Ela, sem largar um só instante das mãos dele, obrigou-o a deitar-se ao seu lado. Imediatamente aninhou-se em seu tórax. Suas mãos inquietas oscilavam sem rumo, assim como as pernas. Finalmente, a boca alforriou-se e revelou desinibida seu propósito. Alcançou o pescoço dele e prefaciou. Beijou-o calorosa e sedutoramente. Desnudou-lhe o peito e prosseguiu descendo pelos ombros, braços, barriga, sexo. Quando ele passou a retribuir as carícias, ela desmoronou inflamada. As roupas se desvaneceram como por encanto. Bocas e línguas vagavam ciganas e sem escrúpulos, profanando os próprios pudores e indo além da deferida profanação. Mergulharam e sorveram um do outro. E fizeram sexo. E fizeram amor. Como só em sonhos experimentaram. E se entregaram incondicionalmente. E estremeceram. E se revelaram. E confessaram. E se engalfinharam outra vez. E riram. E choraram. Ela amou e gemeu nas gôndolas de Veneza, na ilha de Mykonos, num castelo no vale do rio Loire, como em *A bela da tarde*, como na novela das oito. Ele resfolegou e saciou-se na primavera de Praga, na Champs-Élysées, no porto de Amsterdã, na Fontana di Trevi, como em *Último tango em Paris*, como num conto de Sade. Durante o dia que se seguiu, juntos bailaram o flamenco em Sevilha, abrasaram-se numa lareira em Aspen, pacificaram-se na piscina do chalé na Polinésia Francesa. Liquefizeram-se. Exaustos e famintos, somente no fim da tarde se aprumaram preguiçosamente, vestiram-se como em dia de festa, perfumaram-se um para o outro e, a convite e expensas dela, foram jantar naquele restaurante proibitivo. Retornaram à casa embriagados do melhor vinho e jubilosos.

"Eu vou subir, tomar um banho e te espero na cama. Tá bem, Betinho?", cochichou Inês enlaçada a ele.

"Ok, só vou fechar a casa e já subo."

"Faz um favor, amor?"

"Claro, o quê?"

"Arma a ratoeira. Coloca no quintal."

Adalberto cortou uma generosa lasca de queijo na cozinha e levou até o quintal. Ao acender a luz, sobressaltou-se ao rever o cadáver do rato, que ainda jazia ao lado da pitangueira.

Com uma pá recolheu o corpo, embrulhou em jornal, jogou na lixeira. A ratoeira estava desaparecida. Foi encontrá-la refugiada embaixo do tanque. Prendeu o queijo, armou cautelosamente o instrumento, alojou-o estrategicamente ao lado do armário. Sentia-se angustiado. Já estava entrando de volta na cozinha quando decidiu submeter-se ao sentimento que o mortificava. Deixou a mente vagar alguns instantes, suficientes para implantar a decisão que se tornaria regra. Era justo. Ético. Axiomático. Retornou, desarmou a ratoeira, manteve o queijo no lugar.

O IMPERADOR AZUL

O roteiro da sexta à noite era sempre o mesmo. Quase sempre. Primeiro o banho, depois cada um borrifava estrategicamente seu melhor perfume. Começavam com beijos, carícias, mão aqui, mão ali, sexo oral. Às vezes ele se atrevia primeiro, às vezes ela. Somente no limite do sexo oral passavam à transa propriamente dita. Tudo muito livre e satisfatório. Dessa vez a iniciativa partiu dela.

"Hummm... que barriguinha sarada..."

"Não tira sarro, Lelé. Vai... continua..."

"Hummm... tô vendo que tem gente entusiasmada... Deixa eu ver o meninão."

"Isso, pega o meninão, engole o meninão."

"Vou fazer o meninão desaparecer."

"Isso...! Vai!"

"Vem cá, menino levado... Vem sumir na boca da mamãe."

"Para, Lelé! Não fala assim... 'mamãe'. Eu não gosto, você sabe."

"Ok, então vem que a sua gueixa vai engolir você inteirinho."

"Vai, engole tudo. Devagar."

"Julinho?"

"Vai. Não para, minha gueixa."

"Mas, Julinho..."

"Não me chama de Julinho! Já falei dez vezes! Meu nome é Júlio César!"

"Tá bom, sua alteza, desculpa. Mas é que o garotão tá esquisito."

"Não quebra o clima, vai. Engole logo o garotão."

"Júlio César, acontece que o imperador… tá azul."

"Taí, gostei. Imperador! Isso! Sacia a vontade do seu imperador."

"Mas o imperador tá azul!"

"Ele não tá azul, ele é roxinho."

"Não, eu sei que ele é roxinho na ponta… assim… na glande."

"Isso, engole o grande."

"Eu não falei 'grande'."

"Que é isso, Lelé? Você acha que o imperador é pequeno?"

"Não…"

"Então ele é grande?"

"Normal…", respondeu, titubeante.

"Como normal? Você agora é especialista em pinto pra saber se o meu é normal ou é grande?"

"Não, especialista eu não sou." Ela deu de ombros antes de concluir. "Mas o seu é normal."

Ele franziu a testa com ar de reprovação e compassou o ritmo das palavras.

"Tô te estranhando, Lelé."

"Foi você quem perguntou. Eu só respondi."

"Então não vai dar mais pra chamar ele de imperador. Você já viu um imperador normal?"

Percebendo que a noite se encaminhava para mais uma crise estéril, ela buscou o caminho da conciliação e continuou carinhosa.

"Imperador é imperador, meu amor. Não importa o tamanho, majestade."

"Mas importa o título. Por exemplo, Alexandre, o Grande! Você acha que ele ia entrar pra história se fosse Alexandre, o Normal?"

"Napoleão era baixinho. Chaplin também era pequeno."

"Como é que você sabe o tamanho do pinto do Chaplin?"

"Eu estou falando da… Vai, chega dessa história. Dá uma olhada no imperador pra você ver."

Sentaram-se na cama. Ele se assustou ao contemplar o próprio sexo.

"Caramba! Tá azul."

"Viu? É disso que eu tô falando."

"Olha, parece… são fiapos azuis."

"Você também usou aquela toalha azul-marinho pra se enxugar?"

"Sim…"

"Então é isso. Olha, são felpas da toalha."

"Nossa, quantas! E estão grudadas."

"Toalha felpuda, nova, solta pelo."

"Não é pelo, Lelé, são felpas. E cem por cento algodão."

"Até que ficou bonitinho. Parece um garotinho punk, de cabelo azul."

"Você quer me desmoralizar, né, Lelé? Garotinho?"

"Tá bom! Um imperador punk."

"Não existe imperador punk."

"Ah, Julinho, vamos parar com essa bobagem, vai."

Ele arregalou os olhos, e ela percebeu imediatamente o deslize reincidente.

"É de propósito, é? Você me chamou de Julinho de novo!"

"E qual é o problema? Só porque sua mãe te chama de Julinho até hoje, ninguém pode chamar."

"Eu tenho trinta e nove anos, porra!"

"E daí? Mãe é assim mesmo. Trata a gente igual criança sempre."

"Não acredito que hoje você vai defender minha mãe."

"Eu não. Nunca! Aliás, é bom se acostumar com a ideia de que eu não vou ao aniversário dela no sábado."

"Pronto, Leonilda. Agora você cortou meu barato. Tá vendo?"

"Não me chama de Leonilda!" Ela ergueu os ombros em posição de ataque.

"Você me chama de Julinho, eu te chamo de Leonilda! Le-o-nil-da!"

"Mas seu nome é Júlio, e Julinho é bonito, carinhoso. Ao contrário de Leonilda, que é horroroso."

"Eu não acho, verdade. Pai Leonardo, mãe Marilda, filha Leo-nilda."

"Não precisa me lembrar dessa imbecilidade que eu tenho que amargar a vida toda por causa do acéfalo do meu pai."

Enquanto desabafava, ela vestiu a camiseta abruptamente, evidenciando que a aventura sexual daquela noite findara. Ele decidiu investir na reversão do quadro e falou afetuoso.

"Calma, Lelé, assim a gente vai estragar nossa noite. E o imperador não vai visitar a… imperatriz."

"Ela não é imperatriz."

"Por que não?"

"Você tem nome de imperador, eu tenho nome de jagunça. De puta do sertão do Maranhão."

"Ceará."

"O quê?"

"Seu pai é cearense, não é, minha quenga?", disse ele, apelando para a galhofa.

"É, mas isso não dá a ele o direito de batizar a filha com um nome desses."

"Então… cangaceira?"

"Piorou."

"Ok, então... Que tal 'minha rainha'?!"
"..."
"Hein?"
"É... pode ser..."
"O imperador e sua rainha."
"É..."
"Júlio César e Cleópatra!"
A atmosfera entre os dois já se invertera. Já se via, da parte dela, sorrisos tímidos, sutis demonstrações de afeto e disposição para reiniciar com humor a noitada.
"Tá bom, vai. Chega dessa conversa boba. Vai no banheiro, lava o menininho e volta pra cama que eu vou ficar te esperando. Acho que vou até me aquecer um pouquinho."
"Menininho, Lelé? Assim você desqualifica o imperador."
"Ah... é que agora ele tá pequenininho."
"Mas vai crescer!"
"Ok." Ela arremessou seu olhar mais sensual e prosseguiu caricatural e provocativa. "Leva o menino pra tomar banho que rapidinho ele vai virar imperador de novo."
Pé lá, pé cá, em poucos minutos ele retornava do banheiro exibindo e manipulando orgulhoso o novo imperador: asséptico, inodoro, insípido e isento de cores esdrúxulas. Não se esqueceu nem mesmo de borrifar um pouquinho de perfume abaixo do umbigo, astuciosamente calculado para inebriar as narinas dela quando em ação.
Ela, por sua vez, já havia retirado a camiseta e o esperava nua, deitada de lado, mão direita apoiando a cabeça, cabelos escorridos ocultando em parte um dos seios, como numa vitrine erótica.
"O imperador já está prontinho pra você."
Reiniciou-se o roteiro original com ânimos redobrados: beijos, mais beijos, carícias, mãos aqui, mãos ali, e ela cum-

priu com competência sua participação na fase interrompida. Ele demonstrava aprovação da performance dela com uma sucessão de *ahhhs, uuuis, ssss, vaaais, nooossas, não-paras, maaais, uhmmms.*

Naquela noite a transa estava particularmente especial. Sempre que eles discutiam e conseguiam se harmonizar, o sexo era melhor. Mas não era só isso. A categoria de imperador havia elevado sua autoestima.

"Chega, Lelé. Eu não aguento mais. Assim não vai sobrar nada pra... Cleópatra."

"Nada disso... Eu hoje quero receber o Sansão na minha casa."

"Sansão, Lelé?"

"Ué? Não gostou?"

"Não, é que Sansão é... muita responsabilidade. Prefiro imperador."

"Ok, então traz o imperador pra jantar na minha pirâmide."

"Pirâmide? Gostei da ideia. Espera, deixa eu dar um beijinho na rainha. Agora é minha vez."

"Tá bom. Vem, meu monarca... vem! Beija sua rainha... beija. Vai, meu soberano... molha a Cleópatra todinha."

"Não vai dar, Lelé."

"O quê?"

"A sala de jantar tá azul."

BUDUNZINHO

Era a segunda vez naquele mês que o maître lhe chamava a atenção.

"Você tem que dar um jeito nisso, Gilvandro. Não é o primeiro cliente que reclama essa semana. Assim não dá! *Non ci posso credere…*"

O maître suspirou profundamente, ensaiou prosseguir o discurso exaltado, comprimiu o maxilar inferior cerrando os lábios, mas abdicou da ideia.

"Não sei o que fazer com você… Vai no banheiro, se lava, troca a camisa. Dá um jeito nisso, caralho!"

O garçom obedeceu imediatamente. Sempre deixava no vestiário duas toalhas, se fosse preciso… Lavou o rosto, o pescoço, os ombros e embaixo dos braços com o sabonete antibacteriano. Friccionou a espuma com tanta força que as axilas ficaram vermelhas e doloridas. Passou desodorante, duas vezes, e a lavanda. O ardor já lhe era familiar. Trocou a camisa, alinhou-se no espelho e voltou ao salão do restaurante.

Assim que retornou, o maître veio ao seu encontro. Esfregando o polegar de uma das mãos na palma da outra, mediu-o dos pés à cabeça, esticou a manga direita da camisa e elevou com descaso as sobrancelhas.

"Antes de ir embora, quero falar com você. Agora volta pro atendimento."

Ele já sabia o assunto.

"E, por favor, troca essa lavanda que parece aromatizador de privada, *cazzo*!"

A conversa foi desagradável e previsível. Desde que chegara a São Paulo, esse era o quarto restaurante em que trabalhava como garçom e o mais elegante. Na Zona Sul da cidade, cozinha italiana contemporânea, ótimas gorjetas. Não podia perder mais um emprego. Principalmente agora que foi abandonado pelo companheiro no apartamento que alugara. Tinha que arcar sozinho com os custos do aluguel.

"Desculpe, Gil. Você é um cara legal, é meu amigo... mas não dá. Preciso mudar daqui, não estou conseguindo dormir. Procura um médico."

Ele não confessava aos outros, mas já tinha tentado tratamento com dois médicos diferentes, sempre indicados por amigos e pagos a preço de ouro. Além disso, explorara remédios caseiros: bicarbonato de sódio, chá de folhas de sálvia, óleo de alfazema, gengibre, vinagre de maçã, banho de chá preto. Toda vez que alguém lhe sugeria uma nova opção, ele experimentava, sempre com resultados pífios ou efêmeros.

"É carma...", disse o monge. "Tá pagando coisa de vidas passadas."

"É obsessão...", disse Pai João. "Precisa fazer tratamento espiritual."

"É acúmulo de energias nocivas no perispírito...", disse o médium. "Autointoxicação fluídica."

"Compra o óleo ungido de Jerusalém e ora", disse o pastor, "mas toma banho antes de entrar na igreja."

Nunca mais voltou ao culto. Nem ao centro ou ao terreiro ou ao templo.

Naquela tarde, ao chegar ao restaurante, seu Migliorini, o maître, lhe disse para conversar com Francisca, a moça que ajuda na cozinha.

"Fala com o dr. Renato, primo da Francisca. É um dermatologista muito competente. Se ele não resolver, só mudando de profissão. Vai trabalhar num curtume."

Seu Migliorini era sempre assim: frio, direto.

"Mas fala com ela aqui fora. Não entra na cozinha!"

A ideia de trabalhar num curtume chegou a seus ouvidos como um soco. Lembrava-se do curtume que tinha no bairro onde morava com a mãe quando criança. Quando chovia, o cheiro de ovo podre dominava tudo. Até a roupa no varal fedia a gás sulfídrico.

"Vem cá, meu cheirinho", dizia a mãe, e eles se abraçavam sentados no sofá puído da sala. Assim ficavam, com os narizes fincados um no pescoço do outro, cheirando-se como antídoto à fedentina no ar. A memória da mãe sempre amenizava qualquer situação negativa.

"Ei! Porca miséria, tá dormindo? Vai, acorda e vamos trabalhar!"

Choveu naquela noite e o restaurante teve poucos clientes. Terminaram o trabalho mais cedo que o usual. Antes de se trocar, procurou com os olhos pela Francisca na cozinha, mas não a encontrou. Notou algumas pessoas diferentes guardando as louças. Certamente começaram a trabalhar depois que o maître o proibira de entrar na cozinha.

Como sempre fazia, deixou que todos os outros garçons se trocassem e só então entrou no banheiro e fez seu ritual de higiene. Rosto, pescoço, ombros, braços, peito, axilas. Tudo lavado com sabonete antisséptico. Talco, desodorante, lavanda. Trocou a camisa, colocou as toalhas na sacola e saiu. Ao cruzar o salão, foi abordado por uma menina que vira trabalhando na cozinha.

"Oi, você é o Gil, né?"

"Sim...?"

"Eu sou irmã da Francisca. Ela está grávida, como você sabe, de seis meses. Estava indisposta hoje, me pediu pra vir no lugar dela."

"Ah…"

"Ela disse pra passar a você o telefone do Renato, marido da minha prima. Você vai gostar, ele é ótimo. Você tá com problema de pele?"

"Bem, não é exatamente na pele, mas é de pele também."

"Acho melhor a gente sair, vão fechar a casa."

Abrigaram-se sob o toldo verde em frente à porta do restaurante. Uma garoa fina e constante tinha reduzido a temperatura da noite.

"Desculpe perguntar, mas você também é cearense?", perguntou a moça, demonstrando certo constrangimento, como se a pergunta fosse imprópria. Um sorriso ingênuo iluminou o rosto dela como que a pedir indulgência.

Gilvandro nunca tinha visto tão de perto um sorriso assim encantador. Travou. Imediatamente sentiu o suor brotar das axilas e escorrer.

"Oi, acho que você está cansado, né? Quer ir embora?"

"Não, desculpe. Eu ando um pouco distraído. Mas, sim, sou cearense."

O sorriso dela alargou-se.

"Viu como eu sei? É que minha irmã diz que todos os garçons do restaurante são cearenses."

"Bem, não sei se todos, mas a maioria com certeza."

"Aqui em São Paulo as pessoas falam que os melhores garçons do país são cearenses."

"Na verdade, eu morei em Fortaleza com minha mãe, mas nasci em Feira de Santana, Bahia. Não vai contar pra ninguém, hein?"

O papo seguiu tão divertido que Gilvandro se esqueceu de sua maior preocupação. O nome dela era Potira. A família era do sul de Minas, mas ela estudou em São Paulo. Cursava o último semestre de gastronomia.

"Você está com sono, precisa voltar pra casa ou podemos tomar um café?", perguntou ela.

Deu branco. Nunca uma mulher o tinha convidado a ir a um café. Ao menos não depois que se aproximasse dele. Suas necessidades sexuais eram sempre resolvidas numa casa de mulheres que seu colega de quarto indicara. Lá havia duas meninas que aceitavam sair com ele, mediante pagamento extra, claro.

"É... um café?", gaguejou.

"Se você preferir, podemos tomar um suco ou uma cerveja."

"Bem, mas assim... nós dois...". Seu cérebro tentava retomar a capacidade de raciocínio.

"Desculpe... acho que você é casado, né? Ou tem alguém esperando em casa?"

"Não, não sou casado, nem tenho ninguém. Vamos tomar essa cerveja."

"Meu carro tá parado do outro lado da praça."

Ela conhecia um lugar ali perto que ficava aberto vinte e quatro horas. Era uma padaria enorme que também atendia como bar e lanchonete.

Na primeira e segunda cervejas contaram um pouco de cada um. Ela tentara estudar moda, desistira, depois publicidade, desistira, mas agora tinha se encontrado na gastronomia. Ele deixara Fortaleza aos dezenove anos, quando da morte da mãe, e fora para o Rio de Janeiro, onde fez o curso de garçom. Trabalhara em vários restaurantes até decidir tentar uma vida melhor em São Paulo.

Na terceira e quarta cervejas, acompanhadas de queijos e torradas, ela confessou que nunca tivera um relacionamento longo, mas que acreditava em amor, que ainda ia encontrar a pessoa certa. Que adorava ler romances de grandes amores como Romeu e Julieta, Tristão e Isolda, Cleópatra e Marco Antônio.

"Minha mãe diz que eu não consigo segurar homem. Mas ela está enganada, não é isso. Você acredita em alma gêmea?"

Ele quase chorou contando lembranças da época em que morava com a mãe. Que ela era uma mulher simples, amorosa, que trabalhara numa peixaria e que ele percebia sua chegada em casa pelo cheiro de peixe que preenchia e se apoderava de tudo. Não só da casa, mas também de seu coração.

"Meu nome, Potira, vem do tupi e significa flor. Tem uma lenda indígena que conta que Tupã transformou as lágrimas de Potira em diamantes e jogou no fundo do rio. Minha avó sempre falava que eu tenho mistura de índio de um tataravô. Pode ser... Olha a minha pele e o meu cabelo. Mas minha infância toda eu fui chamada por apelido. Em casa me chamavam de Popô."

"Popô! Que bonitinho!"

"Bonitinho? Isso foi uma desgraça pra mim! Lá na minha terra 'popô' significa traseiro... bunda. A primeira vez que meus amigos de escola souberam que meu apelido era Popô, nunca mais me deram paz. Era bullying todos os dias. Uns me chamavam de Popô, outros de Cocô, outros de Bundinha. Quando eu ia bem numa prova, me chamavam de 'a famosa popô de ferro'. Você não tinha apelido?"

O coração acelerou-se. Sentiu novamente o suor escorrer de suas axilas e do pescoço. Percebeu a gradação do próprio cheiro. O rosto avermelhou-se. O sorriso ausentou-se. A transfiguração foi tão evidente que ela percebeu.

"Tá tudo bem, Gil?"

"Não... sim, tá. Vou pegar outra bebida."

Foi até o balcão e voltou com um copo de rum, limão, gelo e uma Coca-Cola, pra fazer a mistura ele mesmo. Mexeu o gelo no copo, sorveu um gole puro de rum antes de elaborar a cuba-libre.

"Eu tinha apelido, sim, vou te contar."

"Se você não quiser, não precisa falar sobre isso."

"Eu quero!", interrompeu agressivamente. "Isso tá entalado aqui. Eu quero falar."

Contou a ela que desde pequeno tinha algo que o diferenciava das outras crianças: o cheiro. Era um cheiro forte, próprio, que exalava naturalmente de seu corpo, mesmo depois de um banho. Lembrou-se de como a mãe lidara com o problema, sempre se desmanchando de carinho e amor. E das frases que adorava ouvir dela:

"Cadê o cheirinho mais gostoso da mamãe?"

"Esse é o bodum que a mãe mais ama..."

"Vem cá, meu budunzinho."

Com o tempo, a mãe passou a chamá-lo carinhosamente de Budunzinho, apelido que ele adorava, naturalmente sem avaliar os desdobramentos que iria lhe causar na escola. Os problemas começaram aos seis anos, no ensino fundamental. Até a orientadora da escola chamou a mãe para conversar.

"A senhora precisa dar um banho no Gilvandro antes da escola. Os coleguinhas estão falando."

Um dia, um colega ouviu a mãe distraída chamá-lo de Budunzinho. Foi o suficiente para muitos anos de deboches. À medida que foi crescendo, as dificuldades se intensificaram. Os colegas se recusavam a incluí-lo nos trabalhos em grupo. O assédio era permanente.

"Eu não me ofendia de ser chamado de Budunzinho. Era o nome que mãezinha usava. Mas recebi muitos outros apelidos: Gambá, Chulé, Catinga. No ensino médio, tinha um garoto grande e forte na minha classe que se autonomeara Pedrão. Um dia, ele fez a mais inteligente piada de sua vida:

"Eu sou o Pedrão, e esse aqui é o Podrão."

"Todos riram pra não contrariar o fanfarrão. Nos últimos dois anos de escola eu só fui chamado de Podrão."

"Chega, Gil...", disse Potira, constrangida. "Vamos mudar de assunto. Eu estou muito angustiada com a sua história. Você não merecia isso. Criança é cruel mesmo. Acho que agora sou eu que quero uma dose de rum."

"Desculpe, acho que bebi demais e falei demais. Eu nunca tinha contado isso pra ninguém. Desculpe."

"Não, foi bom ouvir sua história. Eu sei como você se sente. E obrigada pela confiança."

"Eu vou pegar mais duas doses, mas pra mim é a última."

O papo seguiu mais descontraído, navegando por assuntos superficiais. No fim da noite, ela fez questão de levá-lo até o apartamento dele, justificando que não era longe de sua casa.

Ele chegou em casa ainda sentindo o torpor do álcool. Arrancou as roupas, jogou-as no canto do quarto e mergulhou no chuveiro para um longo banho. Sua mente girava entre o alívio e a vergonha da confissão. Havia bebido, se emocionado, sabia que as roupas deviam estar fedendo mais que o usual. Talvez fosse melhor queimá-las, mas amanhã cuidaria disso.

Acordou depois do meio-dia. Sentia-se renovado, mas o coração assustou-se ao lembrar de tudo que havia desabafado para uma mulher que mal conhecia. E que era tão bonita. Tão espontânea. Tão meiga. E que certamente nunca mais veria.

Pegou as roupas amontoadas no canto do quarto para lavar, ou jogar fora, ou incinerar. Depois decidiria isso.

Vestiu-se e foi almoçar num por quilo próximo. Voltou, tentou ver televisão, desistiu. Arrumou a cama, folheou a revista semanal, leu um trecho de um livro, ensaiou organizar a gaveta das meias. Não conseguia se concentrar em nada. Sua mente tinha um único destino. Começou a sentir calor, transpirar e cheirar. Disparou para o banho, um demorado e reflexivo banho.

Aprumou-se o melhor que pôde – camisa nova, talco nas partes íntimas, desodorante, perfume importado, antisséptico bucal – e foi mais cedo para o restaurante. Precisava vê-la de novo.

"Chegou cedo, Gil", disse seu Migliorini.

"É... hoje é sábado, tem mais trabalho."

Vasculhou com os olhos a cozinha, mas não a encontrou. Era cedo, ela devia vir para o turno da noite.

A noite chegou, seu turno se iniciou de fato, mas ela não apareceu. Nem ela nem Francisca. Foi incansável na procura, mas Potira realmente não viera trabalhar no restaurante. Nem no sábado nem no domingo. Ao final do expediente, na madrugada da segunda-feira, atormentado com o desaparecimento dela, perguntou ao maître sobre Francisca.

"Mulher grávida é essa frescura, um dia aparece, outro não. E depois cento e vinte dias de licença-maternidade. *Assurdo...*"

"Mas e a Potira?"

"Hein? Quem é Potira?"

A folga na segunda-feira parecia interminável. Enclausurado em seu apartamento, Gilvandro só se levantou da cama para comer uma banana no café da manhã e outras duas no almoço. Entorpecido, abdicara de encontrar a saída de seu labirinto mental. Era fim de tarde quando bateram em sua porta. O som despertou-o do transe e lembrou-lhe que se esquecera de pagar o aluguel que vencera na sexta. Morava em um prédio antigo, tacanho, de dois andares, cujo dono vivia no térreo e alugava os outros três apartamentos do primeiro andar. Um dia de atraso era suficiente para a cobrança deseducada e humilhante do seu Rogério. Mesmo sem camisa e com os cabelos desalinhados, Gilvandro atendeu a porta. Não era Seu Rogério... era um anjo.

"Oi... desculpe vir assim, sem avisar. Mas eu não tinha seu telefone."

Apertou os olhos para focar melhor como que desacreditando. Sentiu um arrepio que subiu do pescoço ao couro cabeludo ao mesmo tempo que se apercebia de sua seminudez.

"Nossa, Potirâ, eu não podia imaginar que fosse você. Olha como eu estou..."

"Não se preocupe, você está em casa e o short é até bonitinho."

Ela sorriu com malícia. Ele relaxou.

"Na sexta a gente saiu, bebemos e conversamos tanto que esqueci de lhe dar o telefone do dr. Renato."

"Quem?"

"O dermatologista, marido da minha prima. Você ainda quer?"

"Ah, claro, entra. Mas não repara a bagunça. Casa de homem..."

"Realmente está faltando um toque feminino aqui."

"Desculpe, mas eu não posso te receber assim. Fica à vontade, liga a tevê, eu vou tomar um banho rápido e..."

"Não", ela interrompeu determinada. "Não se preocupe. Eu pensei muito na sua história. Eu entendo perfeitamente o que você passou. Fica aqui. Não tenha medo de se aproximar de mim." Fez uma pausa, olhou-o nos olhos e decretou: "Vem mais perto."

Ele, que mantinha dela uma distância segura, espantou-se quando ela lhe estendeu o braço, pedindo pela sua mão. De mãos unidas, ela puxou o corpo dele contra o dela e, com os olhos sempre fixados nos dele, lhe beijou a boca suavemente. Seguiu beijando as faces, o queixo, o pescoço. Mordiscou seus ombros e progrediu descendo lentamente até a língua atingir os mamilos. Ele estremeceu e libertou um involuntário gemido. Jamais uma mulher havia se aventurado a lhe lamber a pele fétida, nem mesmo as prostitutas que concordavam em fazer sexo com ele. Prosseguiu na descida, roçando os lábios levemente em seu peito, descendo pela barriga até o umbigo. Com as mãos, ele a levantou e trouxe seu rosto para uma sequência de beijos. Ela se desvencilhou dos braços dele e se encaminhou para o quarto. Já sem o vestido, deitou na cama e aguardou que ele se estirasse sobre ela. Ele reproduziu com a boca a trilha por ela ensinada: rosto, pescoço, ombros, seios, barriga, umbigo. Com as duas mãos, puxou lateralmente a calcinha dela. Ela hesitou e resistiu. A confissão dos olhares foi suficiente para que ela sucumbisse e se subjugasse. Depois de tirar-lhe a calcinha, Gilvandro retomou o destino da boca até o sexo dela. Imprevisível, um cheiro de peixe podre perfurou suas narinas e inundou as células olfativas. Lembrou-se da mãe. O coração disparou e transbordou de amor. Talvez Potira tivesse razão em acreditar em alma gêmea. Mergulhou de boca.

Naquela noite, Romeu encontrou sua Julieta; Hades, sua Perséfone; Tristão, sua Isolda; Páris, sua Helena; Eros, sua Psiquê; Orfeu, sua Eurídice; o índio Itagibá, sua Potira; e Budunzinho, sua Popô.

O XAMPU

Irrompeu pela porta do quarto feito bicho raivoso.

"Olha como ficou meu cabelo!"

Sentada na penteadeira, ela apenas redirecionou o olhar pelo espelho, sem interromper a maquiagem.

"Josias, você ainda está de cueca?!"

"Passa a mão, olha a porcaria que ficou."

"Tá muito decotada a minha blusa?"

"Olha isso… Meu cabelo tá grudado, parece que lavei com vaselina."

"Vê se as janelas da sala estão fechadas e vamos embora."

"Não vai dar, vou ter que lavar de novo."

"Não, não e não! Toda vez que a gente vai almoçar na mamãe é a mesma coisa: você arruma uma desculpa pra atrasar."

"Que merda de xampu é esse que você usa?"

"Você usou meu xampu?"

"O meu acabou."

"É um ótimo xampu."

"Ótimo pra ensebar o cabelo."

"Tem ginseng e jojoba, deixa o cabelo com mais volume."

"Ginseng? Pra cabelo?"

"Eu já tô pronta, Josias. Põe logo essa roupa."

"Ginseng é energético. A gente toma ginseng quando tá ficando brocha. Tá explicado: deixou meu cabelo duro."

"Deixa de piadinha. Olha o horário, Josias. Depois a tia Alzira fica falando."

"Desse jeito eu não vou. Tenho que lavar de novo."

"Não dá tempo, vamos embora."

"Não vou! Dá uma olhada, passa a mão."

"O que você tanto tem contra a mamãe?"

"Fora o macarrão seco que ela faz e o frango nadando no óleo, nada."

"É o papai que gosta assim, você sabe."

"Aliás, já vou avisando: se seu pai começar de novo com aquela história que na época dos militares era melhor, que a imprensa inventa coisa pra vender revista, eu vou revidar! Não aguento mais esse papo. Não vou ficar quieto hoje!"

"Então é melhor você não ir! Esse é o assunto preferido na mesa do almoço."

"Ótimo, vai você."

"Sozinha? Pra tia Alzira ficar falando?"

"Sua tia é compulsiva, fala de qualquer jeito. Precisa de muito saco pra aguentar. Mas seu tio ela não leva no almoço."

"O titio é inconveniente."

"Eu também posso ser."

"Ele bebe, você sabe. É alcoólatra."

"Não é possível… O pente nem desliza. Olha, parece que eu passei bosta no cabelo."

"Para de se olhar no espelho e põe a roupa!"

"Só se for a jojoba."

"Você lá sabe o que é jojoba?"

"Oras, deve ser um óleo. Desses que se usam em motor de carro."

"Eu vou fazer igual quando a gente for jantar com seu pai! Vou ficar enrolando só pra atrasar."

"Não começa com provocação. Você sabe que minha mãe é rígida com horário."

"Mas na casa da minha mãe você pode chegar na hora que quiser?"

"O almoço nunca sai antes das duas."

"Eles ficam esperando a gente pra servir a caipirinha."

"Seu pai faz uma caipirinha de merda e passa o tempo todo pedindo elogio: 'Tá boa a caipirinha, né? Quer mais caipirinha? Eu que fiz a caipirinha'."

"Como você é grosso, Josias."

"'É lima-da-pérsia. É vodca boa, viu? Custou caro. Tá boa ou não?'"

"Ele faz com o maior prazer."

"Desculpe, mas não dá. Vou lavar de novo. O pente nem escorrega… Passa a mão pra você ver."

"Você faz de propósito! Minha irmã chega sempre antes da gente."

"Claro, seu cunhado é careca. Não corre o risco de lavar o cabelo com esse xampu de sebo que você usa."

"Pela última vez: ou você se arruma em um minuto, ou…"

"Tinha dois, não sei por que porra fui escolher logo o da tampinha cor-de-rosa!"

Ela não disse nada. Foi até o banheiro e guardou no fundo do armário sob a pia o frasco de queratina de tampinha cor-de-rosa.

HOMEM COM GUARDA-CHUVA

Passou um carro. Passou outro, e outro, e outro. Passou mais um. E mais outro.

A média dos últimos dez minutos foi a maior da tarde. E ainda não é o horário do rush.

Chega, não vou mais contar, encheu o saco. Um vermelho, um cinza, um preto, outro cinza. Mas é outro tom de cinza, mais escuro. Porra, esse banco tá sujo. Antigamente não era assim, eu sentava e ficava a tarde toda olhando pro outro lado: a praça, os pássaros, as árvores. Hoje o trânsito chama mais a atenção. E é mais monótono, um carro, outro carro, só muda a cor. Nem a cor muda, a maioria é cinza: cinza-claro, grafite, cinza-escuro. Mas é tudo cinza, da família do preto. Eu odeio carro preto, parece carro de funerária. Se eu tivesse carro, nunca seria preto. Nem cinza.

Passou um verde, finalmente. Verde é mais ecológico. Se eu tivesse carro, seria verde. Isso, vou comprar um carro verde. Moço, me dá um carro verde, esse não, aquele que tem o verde mais forte, da cor de folha de

Tem um cara do outro lado da rua, já faz um tempo, faz que vai atravessar, anda pra cá, anda pra lá, não atravessa, qual é a dele? Acho que quer me irritar. Atravessa logo, porra! Parou na esquina, tá olhando pra cima, pra algum apartamento aqui no prédio da minha calçada. Mas todas as janelas estão fechadas... Não, não estão, tem uma aberta no... três, quatro, cinco, seis, sete, oito, porra, no nono andar... tinha que ser tão alto? Olha o tempo que eu perdi contando! Tempo é dinheiro, meu pai falava essa merda. E, se tempo é dinheiro, então perder tempo é perder dinheiro. Quando eu era pequeno, morria de medo que minhas moedinhas diminuíssem no cofrinho quando perdia tempo me masturbando no banho. Corria pra ver se faltava alguma. Não era cofre na forma de porquinho, não. Era um cofrinho de verdade! De metal! Com chave e tudo! Um dia corri até a escola pra ver se, ganhando tempo, ganhava dinheiro. Mas as moedas não aumentaram no cofrinho. Ou então alguém roubou. Isso! Alguém roubou minhas moedas! Laurinha, foi a Laurinha, minha prima, só pode ser. Ela morria de inveja porque eu tinha um cofrinho. Queria que desse pra ela. *"É, bebê, mamar na vaca cê não quer, né?"* Preciso encontrar a Laurinha e cobrar dela. Ladra, filha da puta. Já vou chegar dando porrada. Será que ela ainda deixa encoxar? Quando a gente era pequeno, ela deixava. De costas. Vaca... Acho que hoje trabalha em puteiro. Uma vez ela quebrou o vidro da janela do quarto do meu avô. Ele pensou que tinha sido meu irmão. Deu-lhe uma surra. A gente assistiu do fundo da casa, dentro do galinheiro, enquanto o sangue escorria pela mão dela. Quanto mais sangue, mais a gente ria. Quando começou a doer, ela correu até a

Porra, o cara ainda não atravessou a rua! Continua parado em frente à padaria do português. Na verdade, ele nem português é. O pai era português, ele não. O pai abriu a padaria há mais de quarenta anos, agora tá aposentado, só vai lá vez ou outra no fim da tarde. Eu me lembro quando a padaria abriu, eu era adolescente e ia lá todo dia comprar pão com minha mãe. A gente entrava na padaria e ouvia fado. O seu Almeida colocava som ambiente na panificadora. Na época ele chamava de panificadora, só depois que o filho assumiu que passou a chamar padaria. E o pão piorou. Muito! Além disso, o seu

Almeida não vendia pinga no balcão, o filho vende. Dois anos atrás teve denúncia de uso de bromato no pãozinho francês. Um ex-funcionário delatou. Essa merda é cancerígena, mas o cara não tá nem aí. O bromato reage com o trigo e o glúten, forma bolhas de ar e aumenta a massa. Só tá pensando no lucro. Quem comer o pão, que se foda. Eu devia tirar meu trinta e oito da sacola, entrar na pada

Caralho, o cara continua empacado lá na esquina! A mão direita no bolso do casaco e na esquerda um… guarda-chuva?! Pra que um guarda-chuva, o tempo tá aberto! Não choveu nem vai chover hoje! Muito suspeito. Ele pode enganar as pessoas comuns, mas não a mim. Meu Q.I. é cento e vinte e cinco. Eu fiz o teste de capacidades cognitivas quando tinha dezesseis anos. Entrei em segundo lugar na faculdade de engenharia. O cara tá me observando. Eu sabia! É mais um enviado por eles. Eu já dei cabo de dois, posso eliminar mais um. O guarda-chuva é grande, talvez seja só um disfarce. É uma arma, com certeza. De que calibre será? Trinta e oito? Não, talvez uma vinte e dois. Vinte e dois também mata, mas o buraco que o meu trinta e oito vai fazer no peito do cara… É uma arma disfarçada. Isso existe há muito tempo. Em 1978, a KGB matou um jornalista dissidente com uma arma assim. Eu me lembro. Mas só que o guarda-chuva disparou um dardo envenenado. Dardo, bala, aerossol de cianeto, punhal, setas, tem muita arma dissimulada. A KGB tinha pistola quatro e meio milímetros disfarçada de batom que eles chamavam de "beijo da morte". Revólver disfarçado tem muitos: em forma de anel, isqueiro, caneta, bengala, faca, cachimbo, até em forma de crucifixo! Puta que pariu, como um cara pode usar um símbolo religioso pra

Andou… o cara começou a andar. Vai atravessar a rua em minha direção. Eu sabia! Eles mandaram mais um pra me exterminar. Quem sabe a KGB de novo, o último que eu matei era da KGB. Mas pode ser também do Mossad, da Cosa Nostra, da Yakuza. O cara não tem traços orientais, não é da Yakuza. É coisa dos Illuminati! Eles são muito poderosos. Todos os principais eventos mundiais foram controlados por eles. A Revolução Francesa, as guerras mundiais, o assassinato do Kennedy, os ataques de Onze de Setembro. O Churchill era Illuminati, a família Bush, os Rockefeller, até o Obama. Eles estão infiltrados e dominam Hollywood, daí tanta mensagem subliminar nos filmes. Eu sei de tudo, por isso querem me eliminar. Um dia essa hora ia chegar, a hora que eu ia ter que enfrentá-los. Eles sabem que seu projeto de controle mental nunca vai funcionar comigo. Podem vir que eu tô preparado. Minha sacola está aqui, o três-oitão carregado com seis balas. É bom alisar o corpo da arma, sentir o cano de aço oxidado... o tambor... o cão... o cabo emborrachado. O prazer é quase sexual, tô ficando excitado. Acariciar o revólver é como se masturbar, se sentir viril, e quando a arma dispara é como ejacular. Vem logo que eu estou te esperando de pau duro. Mas o cara não atravessou a rua, andou em direção ao ponto de ônibus, voltou... e tá caminhando pra padaria do seu Almeida.

Entrou na padaria. Vai ser um atentado. Certamente ele vai usar a arma camuflada no guarda-chuva pra atacar o maior número de pessoas. É um terrorista. Pra ele os fins justificam os meios. Ele vai atirar em qualquer um que esteja próximo: crianças, mulheres, idosos. O julgamento moral de um terrorista é insólito. Eu preciso fazer alguma coisa, eu sei o que vai acontecer. Mas espera... ele saiu da padaria, parou, levantou a cabeça como que procurando alguma coisa na praça em frente, olhou pra mim, segurou o guarda-chuva com as duas mãos e está vindo em minha direção, atravessando a rua. A estampa do tecido começa a ficar mais perceptível, são... triângulos emoldurando um olho. É o "Olho que tudo vê" dos Illuminati. Ele elevou o guarda-chuva em direção a mim. Não esperei o golpe: levantei com o revólver na mão e desferi dois tiros consecutivos, um no peito, um na cabeça. Os balaços lançaram o homem de costas no meio da rua. O choque inesperado das balas fez com que ele arremessasse o guarda-chuva a três metros de seu corpo e, ao chocar-se com o chão, desvelou o gatilho dissimulado no cabo. O asfalto da pista começou a banhar-se de sangue e fragmentos de sua cabeça, os carros brecaram e tentavam retornar, as pessoas gritavam. Um alvoroço histérico tomou conta do lugar.

"Moço, o Jardim Itatinga passa nesse ponto?"

"Hein...?"

"O ônibus Jardim Itatinga, o 135, passa nesse ponto?"

Era uma senhora morena, gorda, de uns cinquenta anos, roupas simples e puídas, levando pela mão um menino com o nariz escorrendo. Chamou-me a atenção a estampa sobre o vestido azul de grandes ilustrações amarelas que pareciam cogumelos. De um mau gosto único!

"Desculpe, o senhor não sabe, né?"

"Não... quer dizer, sim, desculpe. Pra pegar o 135 você tem que descer a lateral da praça até a avenida. São cinco quadras. Mas aqui no ponto pode pegar o 148 – Vila Pedra Branca, que também passa lá."

"Tá bom, obrigada."

O menino não parou de fungar e sugar a secreção nasal um só instante. Nojento. Ele me recordava algo. Minha memória me dizia que eu já tinha visto aquele menino e aquela mulher, e conhecia aquele barulho repugnante do fungar. É isso! Esse barulho! Eu me lembro de me sentir incomodado com isso semana passada no metrô. Não podia ser coincidência, eles estavam me seguindo. A mulher com a criança. Muito estranho, ela é negra, ele branco. Será que ela raptou o menino? No Brasil, quarenta mil crianças desaparecem por ano. Tem organizações de tráfico internacional de crianças, tráfico de órgãos. Essa mulher não me engana. Tenho certeza de que

TATURANA

"Não! Comer a Taturana não dá! Se valer a Lilica eu topo a aposta."
"A Lilica até eu!", responderam em coro. "A Taturana ou nada feito!"
"Tá legal, mas quero trinta paus em vez de dez."
Feito improvável, impensável. Toparam os trinta paus e ainda de gozação ofereceram uma pizza no Jaboti.
Tinha que ser muito macho pra comer a Taturana. Gordinha, olho de sapo, dentinho de coelho e aquelas sobrancelhas grossas que trombavam em cima do nariz, legitimando o apelido. Incomível.
Confessei a aposta pras duas melhores amigas dela, Sandrinha e Bebel. Ficaram excitadas com a ideia de a amiga desencalhar. Juraram segredo. Encarei como missão. Eu era mais velho, tinha estudado na capital, fama de fodedor, ia ser jogo rápido.
Liguei pra Taturana. Papinho furado pra cá e pra lá, convidei pra sair na sexta. Ficou muda. Cega, surda e paralítica. Dava quase pra ouvir o coração dela disparado pelo telefone. Difícil foi segurar as risadas, com o Dudu, o Cabelo e o Betão ao meu lado tirando o maior sarro.
"É melhor você levar uma britadeira!"
"Fala pra ela pentear a sobrancelha!"
Topou na hora, claro.
Caralho, será que meu pau vai subir com aquele bagulho?
Passei com meu carro na casa dela e levei pra um barzinho antes do motel.

"Um suco de acerola com hortelã, eu não bebo álcool."

Porra, um chopinho na cabeça ia facilitar as coisas, mas tudo bem. Eu vou chegar junto de qualquer jeito. Ela deve estar louquinha pra eu meter a mão, molhadinha. Tem que ser muito paspalha pra pedir acerola com hortelã.

Até que o suco não era ruim. Provei, pedi um pra mim, depois da caipirosca.

Não posso negar que o papo foi bacana, surpreendente até. Ela era inteligente, conhecia tudo sobre cinema e colecionava palhetas de guitarra. Que louca! Tinha palhetas de um monte de guitarristas brasileiros e jurou que conseguiu a do Paul McCartney no último show em São Paulo. Aí eu pirei! Ah, que puta mentira! "Eu juro que é verdade, tem um P e um M gravados, vou lhe mostrar qualquer dia!"

O mais interessante foi quando ela começou a falar de quiromancia. *Que merda é essa?* Frescura, era leitura de mãos. Minha mãe vai à dona Zuleica ler a mão. Ela pegou minha mão e começou a falar coisas. As mãos dela eram suaves, lisinhas. Quando ela passou os dedos nas linhas da minha mão fiquei excitado.

Vai subir, sim! Eu sou foda! Comigo nem a Taturana escapa!

A noite passou rápido. Não rolou. Não naquele dia. Demorou um cu de tempo. Exatos sete meses e doze dias. Não sei por que caralho eu contei os dias.

Perdi a aposta… grande merda. Estou pouco me lixando pra isso.

Ela era virgem. Doce. Cheirosa. Carinhosa. Felina. Gueixa.

Ela era tão verdadeira, tão amorosa, que resolvi jogar limpo. Quando saquei que o lance ia demorar, avisei que nossa relação era casual, sem compromisso e que ela nunca se apaixonasse porque eu não era cara de ficar com uma garota só.

Acho constrangedor admitir, mas me apaixonei. Não, eu achava, porque se apaixonar é coisa natural. Todo mundo se apaixona, porra.

Um dia depois da gente transar pela primeira vez, Janete ligou (é claro que ela tinha nome), agradecendo e se despedindo. *Como assim obrigada e tchau?!* Queria partir pra outra. *Foda-se.* Entrou naquele papo escroto de ter descoberto a vida, de novas experiências e outras encanações que só tem lugar em cabeça de mulher e de camarão. *Foda-se.*

Meu peito explodiu, o sexo encolheu. Pra sempre. Foi como navalhada no saco.

Foda-se!

A Sandrinha e a Bebel me telefonaram, queriam sair comigo. Dava até pra comer, mas fiquei com medo de brochar. Não tinha tesão nelas. Ser gargalo é fácil, quero ver ser rolha. Depois, mulher é fissurada numa fofoca. Enrolei, inventei que estava saindo sei lá com quem.

Foda-se! Três vezes foda-se!

Grande coisa a Taturana!

Hoje as coisas já estão bem diferentes. Desde que vim trabalhar em São Paulo, tenho conseguido "significativas melhoras". Meu psiquiatra é que fala essa merda. Ele é gay, com certeza. Insiste que minha falta de libido não tem nada a ver com o antidepressivo. Que é anterior, do tempo da Janete. Bichona... Pra mim, a Janete é problema superado. O único porém é na hora de dormir. Basta eu relaxar na cama que minha boca se inunda com o gosto ácido de acerola. Aí eu não resisto: abro a gaveta do criado-mudo e esfrego a folhinha de hortelã no nariz.

HANON

Dó mi fá sol lá sol fá mi, ré fá sol lá si lá sol fá…

"Com as duas mãos."
"…"

Dó mi fá sol lá sol fá mi, ré fá sol lá si lá sol fá, mi sol lá si dó si lá sol,
Dó mi fá sol lá sol fá mi, ré fá sol lá si lá sol fá, mi sol lá si dó si lá sol,

fá lá si dó ré dó si lá, sol si dó ré mi ré dó si, lá dó ré mi fá mi ré dó,
fá lá si dó ré dó si lá, sol si dó ré mi ré dó si, lá dó ré mi fá mi ré dó,

si ré mi fá sol fá mi ré…
si ré mi fá sol fá mi ré…

"Não para quando muda de oitava… vai!"

Dó mi fá sol lá sol fá mi, ré fá sol lá si lá sol fá, mi sol lá si dó si lá sol,
Dó mi fá sol lá sol fá mi, ré fá sol lá si lá sol fá, mi sol lá si dó si lá sol,

fá lá si dó ré dó si lá, sol si dó ré mi ré dó si, lá dó ré mi fá mi ré dó,
fá lá si dó ré dó si lá, sol si dó ré mi ré dó si, lá dó ré mi fá mi ré dó,

si ré mi fá sol fá mi ré…
si ré mi fá sol fá mi ré…

"Já falei pra não parar quando muda a oitava! Tem que manter o andamento! Continua."

Dó mi fá sol lá sol fá mi, ré fá sol lá si lá sol fá, mi sol lá si dó si lá sol,
Dó mi fá sol lá sol fá mi, ré fá sol lá si lá sol fá, mi sol lá si dó si lá sol,

fá lá si dó ré dó si lá, sol si dó ré mi ré dó si…
fá lá si dó ré dó si lá, sol si dó ré mi ré dó si…

"Atenção… olha o andamento… Continua, menino!"

Sol mi ré dó si dó ré mi, fá…
Sol mi ré dó si dó ré mi, fá…

"Para, para! Por que você já está voltando? Nós não combinamos fazer o exercício em quatro oitavas ascendentes e quatro descendentes? Tem mais uma oitava abaixo. Quando você vai começar a prestar atenção? De novo."

Aquelas palavras ficaram ecoando em sua cabeça: *ascendentes* e *descendentes*. Não sabia o significado, mas imaginava que se relacionassem a dentes: "a" sem dentes, e "d" sem dentes. Lembrou-se de quando a mãe lhe dissera que o piano tinha uma boca enorme, cheia de dentes. E que cada dente tinha um som. Tinha dentes, mas não tinha letras. Varreu com o olhar a página do livro de exercícios à procura de uma ilustração das referidas letras com boquinhas e línguas e dentes, mas nada encontrou.

"Tá sonhando? Começa que eu não tenho a tarde toda."

Dó mi fá sol lá sol fá…
Dó mi fá sol lá sol fá…

"Não, não! Eu disse 'de novo'. *Da capo!*"
"Tudo de novo?"

"E, se parar na mudança da oitava, a varinha vai cantar."

Vibrou ameaçadora a fina varinha de bambu no ar, como sempre fazia, provocando o sinistro zunido. Por reação reflexa, o menino contraiu os dedos, batendo as mãos contra o peito.

"Vai… deixa de preguiça. De novo, do começo. E olha o andamento, senão eu vou ligar o metrônomo."

Com o metrônomo ficava mais difícil. Era melhor redobrar o esforço.

"Articule bem os dedos. Quero ouvir cada nota distintamente. Vai, coragem."

Inspirou profundamente, expirou sonoramente, esfregou os dedinhos suados na calça curta de linho e recomeçou.

Dó mi fá sol lá sol fá mi, ré fá sol lá si lá sol fá, mi sol lá si dó si lá sol,
Dó mi fá sol lá sol fá mi, ré fá sol lá si lá sol fá, mi sol lá si dó si lá sol,

fá lá si dó ré dó si lá, sol si dó ré mi ré dó si…
fá lá si dó ré dó si lá, sol si dó ré mi ré dó si…

"Não corre… tá tá tá tá tá tá tá tá…"

Prosseguiu submisso, qual condenado subindo o patíbulo.

"Isso… A volta está melhor. Articule os dedos. Mão esquerda tá muito esticada. Redondinha… como se estivesse segurando uma laranja."

Prosseguiu qual condenado subindo o patíbulo com laranjas nas mãos.

… lá fá mi ré dó ré mi fá, sol mi ré dó si dó ré mi dó.
… lá fá mi ré dó ré mi fá, sol mi ré dó si dó ré mi dó.

"Viu? Quando quer faz direito. Não basta ter talento, é preciso exercitar. Esse seu ouvido absoluto só te prejudica. Torna você preguiçoso. Acha que já sabe tudo. Além disso, nunca olha a partitura. Lê a primeira vez, toca o resto de ouvido."

Sempre ouvia dona Gilda falar com desprezo desse tal ouvido absoluto. Devia ser alguma doença. Absoluto ou abressoluto? Não tinha certeza. Supunha ser um problema de ouvido que conduzia ao luto ou que "abre só luto". Luto ele sabia o que era. Vivenciara o luto ano passado pelo falecimento da avó materna. Então era coisa séria, que levava à morte.

"Segundo exercício, cuidado com o dedilhado."

Será que era como a infecção que seu irmão teve? Otite era o nome, nunca mais esquecera, principalmente depois de ouvir o pai dizer que seria preciso furar o tímpano. O irmão tinha um ano e nove meses a menos que ele. Era um menino agitado, displicente, mas extrovertido. Apesar do constante bom humor, muitas vezes o vira chorar de dor de ouvido.

"Com as duas mãos e olhando na partitura. Vai."

Dó mi lá sol fá sol fá mi, ré fá si lá sol lá sol fá, mi sol dó si lá si lá sol,
Dó mi lá sol fá sol fá mi, ré fá si lá sol lá sol fá, mi sol dó si lá si lá sol,

fá lá ré dó si dó si lá, sol si mi ré dó ré dó si, lá dó fá mi ré mi ré dó...
fá lá ré dó si dó si lá, sol si mi ré dó ré dó si, lá dó fá mi ré mi ré dó...

"Isso! Mantenha o andamento quando muda de oitava."

Dó mi lá sol fá sol fá mi, ré fá si lá sol lá sol fá, mi sol dó si lá si lá sol,
Dó mi lá sol fá sol fá mi, ré fá si lá sol lá sol fá, mi sol dó si lá si lá sol,

fá lá ré dó si dó si lá, sol si mi ré dó ré dó si, lá dó fá mi ré mi ré dó,
fá lá ré dó si dó si lá, sol si mi ré dó ré dó si, lá dó fá mi ré mi ré dó,

si ré sol fá mi fá mi ré...
si ré sol fá mi fá mi ré...

Vacilou. Sabia que o castigo viria de imediato. A mão direita dela elevou a varinha, simultaneamente ao seu movimento de recolher os dez bravos guerreiros que teimavam na batalha perdida no campo do teclado. Quando atingiu o piano, já não havia dedos à espera da punição. Mais uma pequena lasca de marfim do canto esquerdo, da tecla mi, da oitava central, eclipsou-se para longe.

"Não é mau aluno, mas muito distraído! Quantas vezes vou ter que repetir? Não diminui o andamento na mudança de oitava! Nem na volta! Comigo não vai ter folga. E você sabe que quem me autorizou a usar a varinha foi sua mãe! Sua mãe foi uma aluna muito mais atenta e menos teimosa. Não tinha seu ouvido absoluto, assim era preciso estudar. E ela estudava! E como estudava."

Dona Gilda sempre citava a mãe como aluna exemplar. Ele se lembrava de estar em seu colo, ao piano, apenas batendo aleatoriamente nas teclas, estimulado por ela. Ele tinha menos de três anos de idade. A mãe tocava pequenas frases musicais e o desafiava a repetir. Era deslumbrante ouvir os sons que procediam do instrumento. Mágica pura. Sobrenatural. Como era possível que a simples escolha das teclas pudesse preencher o ambiente com tanto encantamento? Um dia queria também dominar os dentes daquela boca fantástica. Aos seis anos, depois de iniciadas as aulas, o piano parou de sorrir. Entristeceu-se.

"Sua mãe fez a primeira parte do Hanon completa. Os vinte exercícios. Pode ver que estão marcados no livro. Tá vendo? Olha a marquinha que eu fazia. Aqui quando passava pra ela estudar, aqui quando ela completava o exercício com perfeição."

Enquanto ela folheava as páginas amareladas do enorme e atemorizante livro, ele vislumbrava duas linhas paralelas sobre o número que encimava o exercício e outro sinal que lembrava um grande V ao final do último compasso. Ambos feitos com esferográfica azul, porém sobrepondo-se a outras marcas mais antigas a lápis. Se sua mãe conquistara os vinte primeiros exercícios do Hanon, certamente tocava bem. Por que então nunca a ouvira tocando? Não se recordava uma única vez de ouvi-la dedilhando uma música. O piano ficava fechado dia após dia, a não ser nos quarenta minutos em que ele estudava. Talvez por isso perdera a alegria. Ele gostava de ser tocado. O passeio dos dedos sobre suas teclas era, para o instrumento, carinho. Era o afago que ele retribuía com sons.

"Vamos lá, mais uma vez, *da capo*! E se parar na mudança de oitava começa de novo. E de novo. E de novo."

Reiniciou, propondo-se a manter a mente alerta quanto ao andamento, principalmente no retorno do agudo para o grave. Tudo era muito monótono. E fácil, para ele. Difícil era manter a atenção em algo tão enfadonho. Depois da leitura da primeira escala de oito notas, não mais necessitava olhar a partitura: todas as próximas seguiam a mesma estrutura, iniciando uma nota diatônica acima. Seu ouvido privilegiado permitia-lhe antever todo o desenvolvimento da atividade após as semicolcheias básicas. Podia ouvi-las perfeitamente mesmo sem tocá-las. Aos domingos de manhã, quando os pais o levavam à missa, ocupava o tempo tamborilando no banco os exercícios do Hanon. Sua audição interior permitia que cada toque fosse ouvido, com seu tom e dinâmica exatos. Ouvia as notas soando de forma tão plena e intensa que às vezes, ao bater mais forte na madeira, parava a audição receoso que outros também estivessem escutando.

"Isso... assim está bem melhor. Continue as escalas descendentes sem variar o andamento, hein?"

A seus ouvidos, as teclas quando acionadas não geravam apenas sons musicais, mas murmuravam o nome das notas. Podia identificá-las a qualquer distância e em contextos extramusicais. O ventilador que o pai ligava à noite, enquanto via televisão, emitia um constante si bemol, a buzina do carro do vizinho um fá, o pequinês da tia Tereza latia sempre uma sequência de sol-sol-fá-ré ou ré sustenido.

"Terceiro exercício."

Dó mi lá sol fá mi fá sol, ré fá si lá sol fá sol lá, mi sol dó si lá sol lá si,
Dó mi lá sol fá mi fá sol, ré fá si lá sol fá sol lá, mi sol dó si lá sol lá si,

fá lá ré dó si lá si dó, sol si mi ré dó si dó ré, lá dó fá mi...
fá lá ré dó si lá si dó, sol si mi ré dó si dó ré, lá dó fá mi...

"Mantenha o andamento... tá tá tá tá tá tá tá tá..."

O tédio de sempre se apoderava dele. Terminou o terceiro exercício, passou ao quarto, ao quinto, ao sexto. Pequenos deslizes técnicos estavam sendo contemplados com a benevolência dela, que se limitava a leves pancadas da varinha nos dedinhos amedrontados, complementadas por ameaças verbais. Por mais que quisesse, manter a concentração plena naquele trabalho insípido era missão improvável. Na mudança para a terceira oitava atrapalhou-se, promoveu a indevida pausa, iniciou o retorno das escalas sete compassos antes da hora. Ciente do dolo incontornável, apenas fechou os olhos e aguardou resignado o golpe certo. No mesmo instante em que a varinha de bambu singrou sonora o ar, seu irmão entrou correndo pela porta da sala de jantar, atravessou o hall e subiu ruidosamente a escada embaixo da qual o piano se asilava. A invasão inesperada interrompeu o movimento de dona Gilda, que não pode completar o corretivo.

"Julinho! Você sabe que não é pra passar por aqui enquanto seu irmão está tendo aula de piano, não sabe?"

Indiferente aos apelos dela, o caçula prosseguiu no andar superior a maratona de ruídos, correndo de um lado ao outro, abrindo e batendo portas, derrubando objetos.

"Esse seu irmão é de morte…", comentou com injustificado sorriso e um risinho impróprio. "Eita menino levado da breca!"

Por algum incompreensível motivo, ela se afeiçoava ao irmão mais que a ele. Notara a predileção desde o início das aulas.

"Daqui a três meses seu irmão faz seis anos e vai começar as aulas de piano. Se você não se esforçar, em pouco tempo ultrapassa você."

O irmão não demonstrava o menor interesse pela música. Gastava os dias jogando futebol, bolinha de gude, empinando pipa. Desprezava os estudos do mais velho, não perdia a chance de interrompê-lo e provocá-lo, martelando as teclas com as mãos abertas ao se deparar com ele praticando.

"Bem… não sei se vou dar aulas a seu irmão… Sua mãe lhe falou que talvez eu vá morar em Brasília?"

"Falou."

"E você sabe onde fica Brasília?"

Ele sabia tudo sobre Brasília. O Grupo Escolar Rodrigues Alves, onde estudava, havia coordenado um trabalho coletivo com alunos de todos os níveis sobre a construção e inauguração da nova capital, que ocorrera em janeiro daquele ano.

Seu trabalho ficara exposto com méritos entre os melhores do grau primário.

"Sei, no Planalto Central."

"E sabe quem construiu?"

"O presidente, Juscelino Kubitschek, e o arquit…"

"Estou vendo que você se dedica mais à escola que ao piano. Continue assim, não vai se tornar um pianista, mas pode ser um bom médico ou engenheiro. Meu marido é engenheiro, ele foi convidado pra trabalhar em Brasília. Talvez a gente se mude no final do ano. Sua mãe não lhe falou?"

De joelhos, olhos fechados, mãos justapostas, todos as noites ele rezava antes de dormir e pedia com fé ao Papai do Céu que ela fosse embora.

"Falou."

"Muito bem… mas até lá vou exigir atenção. E dedicação!" Singrou o ar com a varinha. "Você estudou a leitura rítmica do Samuel Arcanjo?"

"Estudei."

"Vamos seguir um pouco mais com o Hanon, depois eu quero ouvir o Czerny. Próximo."

"O sétimo?"

"Você não é bom aluno na escola? Não estuda aritmética?"

"Estudo."

"Então… qual é próximo depois do sexto?"

"O sétimo, mas…"

"Vai logo! Começa o sétimo."

"É que o sétimo eu nunca estudei…"

"E daí? Hoje nós vamos até o décimo. Cuidado com o dedilhado que esse exercício é pro terceiro, quarto e quinto dedos."

"Uma mão de cada vez?"

"Não, as duas juntas. É o único jeito de obrigar você a olhar a partitura. Vai… legato!"

Sabia que até o vigésimo não encontraria dificuldade. Já havia explorado, por conta própria, um pouco de cada um. Mesmo a segunda parte, até o número 38, não assustava. Do 39 em diante começavam as escalas maiores e menores. Complicava um pouco, mas nada que o preocupasse. Algumas já estudava por orientação de dona Gilda. O final do livro, esse, sim, era aterrorizador. Em especial o último exercício. Enquanto nos primeiros, cada pauta era ocupada por sete compassos, no último só cabiam dois, e, em certo trecho, um, dada a imensurável quantidade de notinhas, acordes, pausas, sustenidos, notas suplementares, ligaduras, ritornelos, pianíssimos, pianos, fortes, fortíssimos, crescendos, diminuendos, ritardandos. Não havia mais semicolcheias, apenas fusas. Um exército de fusas, ligadas por três barras horizontais acima e abaixo em ambos os pentagramas, como telhados e pisos invioláveis. Aglomeravam-se em cachos e chegavam a somar 128 num único compasso. Definitivamente, era preciso mais de dez dedos para executá-lo. Abaixo do título, nº 60, lia-se: tremolo. Era como se sentia ante o intransponível destino.

Estrategicamente, visando cometer menos erros de leitura, iniciou num andamento mais lento.

Dó mi ré fá mi sol fá mi, ré fá mi sol fá lá sol fá, mi sol fá lá...
Dó mi ré fá mi sol fá mi, ré fá mi sol fá lá sol fá, mi sol fá lá...

Um profundo e inevitável suspiro ressoou no ambiente.

"Não adianta bufar, não. Os exercícios do Hanon são excelentes pra ganhar agilidade e maior controle dos movimentos. Continue."

Prosseguiu com a mesmice. Qual água escapando entre os dedos, o pensamento iniciou uma peregrinação por horizontes mais atraentes. Da cozinha provinha um cheiro de bolo recém-saído do forno. Apesar da porta fechada, podia distinguir os ruídos da mãe preparando a mesa do café da tarde para dona Gilda. Pratos, talheres, xícaras, copos. O choque involuntário dos vidros brindou o ambiente com um tilintar agudo, que só ele distinguia como um lá bemol. Contrastando quase que simultaneamente, da rua pôde ouvir a escala modal da flauta pan do seu Giuseppe, o amolador de facas. Quatro semicolcheias descendentes – si lá sol fá –, uma longa semibreve no mi e o retorno ascendente das mesmas semicolcheias – fá sol lá si. Sempre que seu Giuseppe estacionava o carrinho nas proximidades, as crianças da rua circundavam-no e só liberavam o caminho após o pequeno show. "Canta aquela do barbeiro, seu Giuseppe…" E o velho italiano, vaidoso e tolerante, deleitava a inquieta plateia com seu vozeirão de barítono, maculando um fragmento do "Largo al factotum" de *O barbeiro de Sevilha*. Alguns meses atrás, ao ouvir o menino dedilhando no piano o trecho da ópera de Rossini, levou-o até o consultório de seu conterrâneo dr. Danilo, dentista, algumas casas acima. Lá, apresentou-o como "*il maestrino*". Dr. Danilo mantinha permanentemente ligada na sala de espera de seu consultório uma imensa rádio-vitrola Telefunken, sempre tocando LPs de música erudita, sua paixão. Todos os dias depois do almoço, ou entre uma e outra tarefa escolar, o menino lá se refugiava. Quando recebia alguma novidade, o dentista o aguardava para as devidas apresentações e esclarecimentos antecedendo o concerto. O repertório navegava principalmente nas estruturas barrocas e clássicas, vez ou outra se atrevendo nas sonoridades românticas de um Chopin ou Strauss. O único disco que destoada era uma gravação de piano de

Quadros de uma exposição, de Mussorgsky. Quando ouviu pela primeira vez, o menino gelou. O coração acelerou-se, a garganta secou, o cérebro, após inúteis tentativas de focar aquela estética musical com o que conhecia, aquietou-se e deixou-se flutuar à deriva. À medida que a execução da obra avançava, tornava-se mais e mais incontrolável segurar as lágrimas que tingiam os olhos. Seu universo musical havia se destroçado, mas os fragmentos se refundiam de forma amplificada. Como alguém que já tocava no piano trechos da abertura da obra de Mussorgsky poderia se interessar pelos exercícios do Hanon?

"Acorda, menino! Você está muito distraído hoje. Que é que está acontecendo?"

"Nada."

"Vamos em frente. Oitavo. Vai."

"Dona Gilda, eu posso tocar... Mussorgsky?"

"O quê?"

"*Quadros de uma exposição*. Eu queria tocar essa música, posso?"

Ela riu artificial e debochadamente.

"Que é isso, garoto? Você é muito pretensioso."

"Mas eu já toco o começo, quer ouvir?"

"Não! Quero ouvir o próximo do Hanon."

"Mas por que eu não...?"

"Concentre-se nos exercícios! Primeiro vamos terminar o Hanon, depois pode ser."

"Terminar? O livro todo?"

"Sim, senhor, o livro todo!"

"É impossível."

A frase saiu sem controle. Sua mente estampava a partitura do último exercício. Impraticável.

"O que é isso? Não é impossível, não! Quando era estudante, eu toquei todo o livro. Da primeira à última. Só então meu professor permitiu que eu escolhesse repertório."

"A senhora tocou também o..."

"Todos! Você é surdo? Eu toquei todos! Olhe aqui: esse livro que você usa, fui eu que dei à sua mãe. Era meu, foi com ele que estudei. Observe..."

Folheou algumas páginas à frente e apontou as marcas feitas a lápis no título e no final dos exercícios.

"Veja aqui: quando eu iniciava o estudo, meu professor marcava aqui; quando estava realizado corretamente, assinalava aqui, no final. Tá vendo o 'C' aqui no fim da pauta? É 'C' de certo, de correto, de concluído."

Não resistiu de curiosidade: progrediu manuseando o livro até a terceira parte. Exercícios 44, 45, 46. Saltou adiante, 56, 57, todos exibiam a rubrica do professor. Seria possível que ela realmente estudara o livro por completo? Sentiu-se impotente e humilhado. Tentou continuar a investigação, mas a varinha de bambu interceptou.

"Chega disso. Vamos em frente: número oito."

A voz da professora chegava distante, incompreensível. O tema principal da abertura de *Quadros de uma exposição* trovejava vigoroso e acelerado em seus ouvidos. Uma paralisia momentânea subjugara suas pernas, braços, mãos, raciocínio, alma. O silvo e o baque da varinha sobre o teclado o avivaram.

"Tá dormindo? Mas que moleque desatento! Vai... começa!"

Descolou mortificado as mãozinhas suadas das pernas e descansou os dedos em duas oitavas, do dó ao sol. Mal iniciou a leitura, a porta da sala se abriu cautelosa.

"Dona Gilda, dá licença", disse sua mãe, "o café já está na mesa."

"Ah, obrigada, Marcelina, já vou."

As aulas seguiam sempre o mesmo roteiro: após trinta ou quarenta minutos, a professora era convidada para o café e lá permanecia com a mãe e as tias até o pôr do sol. O objetivo principal das tardes de quarta não era a aula, mas a comadrice.

"Continue os exercícios, vou ficar ouvindo de lá. Vamos até o décimo hoje. Eu volto já, já."

Ela não voltaria, já sabia. Bastava iniciar a atividade enquanto o bate-papo progredia. Foi o que fez. Ao final do oitavo, notou, pela intensidade das conversas e risadas, que já era ignorado. Testou alguns segundos de silêncio: nenhuma reação. O enigmático tema de Mussorgsky continuava orbitando seus ouvidos de forma tão clara e obsessiva que passou a repeti-lo ao piano. Nem assim conseguia alforriar-se do embaraço que lhe angustiava o coração. Como era possível que ela tivesse tocado o livro todo? Não pode ser. Ela não! As dificuldades eram intransponíveis.

Interrompeu a execução, enxugou na camisa o suor das mãos, abriu o Hanon nas últimas folhas. Ali estaria a comprovação que o assombrava. Sua pulsação já atingia o alegreto. Ao final do exercício 57, confirmou a rubrica do mestre. O 58 era complexo, mas tacanho, uma única página. O 59, igualmente curto, desmoralizante para a categoria de penúltimo. Ambos epilogados com o triunfo. Alegro. Finalmente o nº 60! Sobre o título, as duas linhas paralelas exibiam um grafite mais denso, dignificando a conquista. Virou a página. Vivace. O exercício nunca se mostrara tão denso e inescrutável. Exibiu-se um formigueiro de notas e números que se moviam desgovernados embaralhando a visão. Irrompiam do papel, invadiam o piano, assaltavam suas mãos, subvertiam os olhos. Presto. Conformado com o infortúnio iminente, moveu-se para a última página, buscou o derradeiro compasso. Prestíssimo. Um amplo acorde de lá menor precedia a pausa de semínima. E depois dela... O coração parou. E depois dela... nada. Vácuo. Deserto. Pestanejou incrédulo. O "C" do professor não endossava o exercício. Algumas pautas acima, um sinal de interrogação sobrepunha-se às fusas. Ela não conseguira... Ao olhar o teclado, percebeu que a enorme boca do piano, com seus 88 dentes, ostentava novamente um sorriso gaiato. Mais que isso: ria, gargalhava. Ele podia ouvir. Sobressaltado, perscrutou os lados, receoso que outros também ouvissem as risadas. Na sala contígua, o falatório das mulheres prosseguia indiferente. Ninguém se dava conta do escracho do piano, só ele. Talvez por causa daquela doença: o ouvido abressoluto.

Relaxou e, pela primeira vez, em dois anos, durante uma aula de piano, o menino sorriu.

MOTO PERPÉTUO

"O que é que você tem?"
"Não tenho nada."
"Claro que tem."
"Fala você então. O que é que eu tenho?"
"Sei lá o que você tem, mas que tem, tem."
"Não tenho."
"…"
"Então… fala alguma coisa."
"Que coisa?"
"Sei lá, qualquer coisa."
"Não tenho nada pra falar."
"Qual é o problema?"
"Não tem problema nenhum."
"É claro que tem algum problema."
"Então fala você qual é o problema."
"Que problema?"
"O seu problema."
"Eu não tenho problema."
"Mas você falou que tem algum problema."
"Eu perguntei qual o seu problema."
"Eu não tenho problema nenhum."
"Tem certeza?"
"Tenho."
"…"
"Então não fica assim."
"Assim como?"

"Assim, desse jeito."
"Que jeito?"
"Desse jeito... calada."
"Eu não estou calada."
"Claro que está calada."
"Se eu estou falando, não estou calada."
"Está."
"Então você está surdo."
"Como assim?"
"Se eu estou falando e você diz que eu estou calada, você está surdo."
"Eu escuto muito bem."
"Então não fala que eu estou calada."
"Mas você está calada."
"Como posso estar calada se estou falando?"
"Tá falando, mas não tá falando nada."
"E você tá falando o quê?"
"Tá bom, vai, então para com isso."
"Isso o quê?"
"Isso."
"Isso o quê? Explica."
"Sei lá, isso."
"Como assim, isso?"
"Como assim, como assim?"
"Assim não dá, chega."
"Chega de quê?"
"Chega disso."
"Disso disso ou disso tudo?"
"Disso tudo."
"Não seja radical."
"Eu não sou radical."

"Claro que é."
"Não sou."
"Você quer acabar com tudo só por causa disso."
"Eu não falei em acabar."
"Falou."
"Não falei."
"Mas falou chega disso tudo."
"Disso tudo não é disso tudo."
"Então é o quê?"
"É só disso, não de tudo."
"Tá, então vamos parar com essa história."
"Que história?"
"Essa história."
"Não tem história nenhuma."
"Tem, sim."
"O quê?"
"Alguma história."
"Então para você com essa história."
"Que história?"
"Essa história."
"Não tem história nenhuma."
"Você que falou que tinha história."
"Eu falei pra parar com essa história."
"Você é quem tem que parar."
"Parar com o quê?"
"Com essa história de achar que tem alguma história."
"Ok… chega."
"Tá vendo como você é radical?"
"Eu não sou radical."
"Claro que é."
"Eu falei chega dessa história."

"Que história?"

"Não tem história nenhuma, chega desse papo."

"Que papo?"

"Esse papo de história."

"Tá bom, mas não reclama que eu estou calada."

"Viu como você mesma diz que está calada?"

"Você não quer papo…"

"Não é que eu não quero papo, não quero mais falar dessa história."

"Que história?"

"Essa história de papo!"

"Não precisa gritar."

"Eu não estou gritando!!"

"Está."

"Não estou!!!"

"Gritou de novo."

"Tá bom. Chega."

"Concordo, chega."

"…"

"Então… fala alguma coisa."

"Que coisa?"

"Sei lá, qualquer coisa."

"Não tenho nada pra falar."

Este livro foi composto em Janson Text LT Std 10,5 pt e impresso pela gráfica Viena em papel Pólen 80 g/m^2.